버퍼
Buffer

이영균 장편 소설

FUSION FANTASTIC STORY

버퍼 2

이영균 장편 소설

초판 1쇄 찍은 날 § 2013년 5월 28일
초판 1쇄 펴낸 날 § 2013년 6월 3일

지은이 § 이영균
펴낸이 § 서경석

편집부장 § 권태완
편집책임 § 어정원
디자인 § 이승주

펴낸곳 § 도서출판 청어람
등록번호 § 제1081-1-89호
등록일자 § 1999. 5. 31
어람번호 § 제1-1611호

주소 § 경기도 부천시 원미구 심곡2동 163-2 서경B/D 3F (우) 420-822
전화 § 032-656-4452팩스 § 032-656-4453
http://www.chungeoram.com
E-mail § chungeorambook@daum.net

ISBN 978-89-251-3311-9 04810
ISBN 978-89-251-3309-6 (세트)

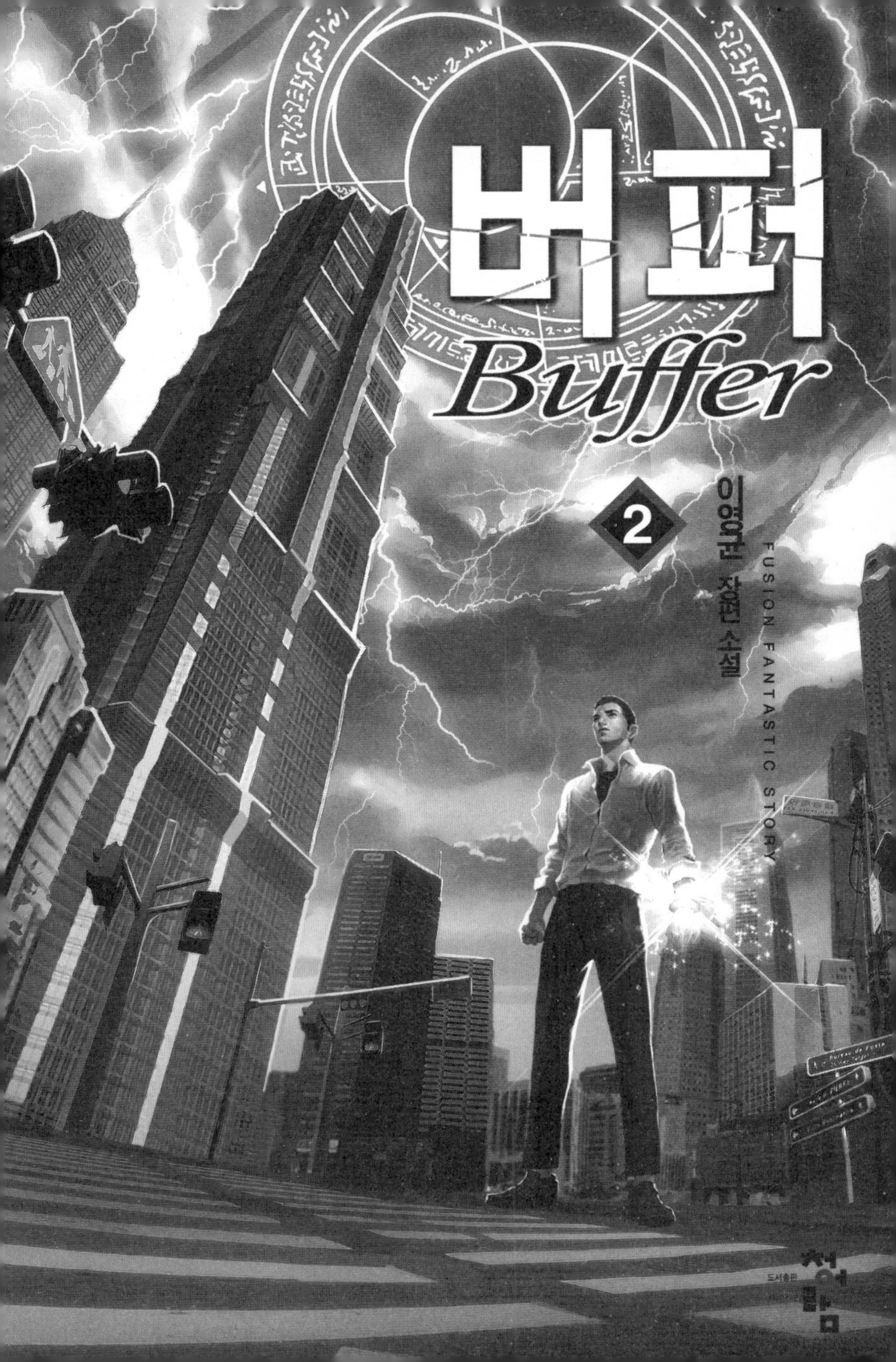
버퍼
Buffer
2
이영균 장편 소설
FUSION FANTASTIC STORY
도서출판
청어람

CONTENTS

Chapter 15
센세이션

곰 한 마리가 앞다리를 번쩍 치켜들고 포효했다. 가슴에 반달무늬가 없고, 은은한 갈색을 띠는 것으로 보아 곰은 온순한 반달곰이 아니라 흉포한 불곰이었다.

겁에 질린 송염은 엑소시스트 영화의 한 장면처럼 배를 하늘로 향하고 두 발과 두 손을 사용해 뒤로 기었다.

"큭!"

돌조각이 손바닥에 박혔다.

나뭇조각도 박혔다.

송염은 그 고통을 무시했다.

이 정도 고통은 삶이란 지상명령의 중요성에 비하면 아무것도 아니었다.

턱!

뒤로 도망치던 송염은 나무에 부딪쳤다. 등 뒤로 거친 나무껍질의 감촉이 느껴졌다. 더 도망칠 곳이 없었다.

"……."

쿵!

쿵!

쿵!

지축을 울리며 다가온 불곰이 짧지만 굵은 다리로 송염의 가슴을 밟았다.

"크억!"

천 근의 힘으로 밟힌 송염은 저항할 의지를 잃어버렸다.

도무지 숨을 쉴 수 없었다.

"크윽, 큭."

정말 죽을 것 같았다. 이대론 죽을 수 없었다. 잘 벌어 잘 먹고 잘살면서 예쁜 희진이와 이것도 하고, 저것도 하고, 그것도 해야 했다.

송염은 마지막 남은 힘을 끌어 모아 곰의 다리를 잡고 들어밀었다.

"끙차!"

생명을 건 필사의 시도는 성공했다. 신기하게도 곰은 뒤로 밀려났고 송염은 상쾌한 공기를 폐에 한껏 밀어 넣을 수 있었다.

"후흡!"

쿠아아앙!

조그마한 인간 따위에게 밀린 사실이 창피했는지 곰이 포효를 지르며 분노했다. 곰은 가마솥같이 거대한 손바닥을 파리채처럼 휘둘렀다.

이미 피할 방법은 없었다.

송염은 눈을 질끈 감고 최후를 기다렸다.

짝!

"퀵!"

얼얼한 뺨을 붙잡고 송염은 잠에서 깨어났다. 창문을 뚫고 밀려온 햇살이 뜬 눈을 다시 감게 만들었다.

숨을 쉬기가 어려웠다.

"……"

이 사태의 원흉은 배 위에 놓여 있는 강철중의 두텁고 굵고 무거운 다리였다. 손의 위치로 보아 송염의 뺨을 때린 곰 역시 강철중이 분명했다.

"크암!"

강철중은 잠꼬대도 곰처럼 했다.

꿈속의 곰은 강철중이었다.

"짜식!"

잠시 고민하던 송염은 강철중의 허리에 다리를 대고 힘껏 차버렸다.

"음? 뭐, 뭐야. 일어났어?"

곰에게 인간의 타격은 효과가 없었다. 강철중이 허리를 북북 긁으며 몸을 일으켰다.

"몇 시야?"

"9시 반."

"헉! 늦었다. 나 간다. 안부 전해줘라."

네 명 중 유일한 직장인인 강철중은 화들짝 놀라 씻지도 않고 안녕을 고했다.

그때 욕실 문이 열리며 샤워라도 했는지 머리가 젖은 마동식이 나왔다.

"어~? 철중이 갔어?"

"직장인 아니냐. 지각했대."

"사실상 철중이가 사장 아닌가?"

"사장일수록 솔선수범해야지."

"아침은 내가 준비할게. 어제 먹다 남은 삼겹살이 좋겠다."

아침부터 삼겹살이라니……

대꾸할 힘도 없었다. 말만 들어도 속이 다 니글거렸다. 그
제야 송염은 희진의 모습이 보이지 않는다는 사실을 깨달았
다.

"그런데… 희진이가 안 보이네?"

"새벽에 나갔어. 집에 들렀다 학교 간다고."

삼겹살 해장은 마동식의 몫으로 넘기고 송염은 인스턴트
커피 한 잔을 타서 컴퓨터 앞에 앉았다.

포털 사이트의 검색순위를 확인하기 위해서였다.

"우와!"

일간검색순위 1위는 당당히 스타퀸녀의 차지였다.

두말할 것도 없이 스타퀸녀는 희진을 뜻한다.

일간검색순위 2위도 마희진이었다.

그리고 놀랍게도 마동식이 일간검색순위 3위에 올라 있었
다.

또한 4위를 차지하고 있는 검색어는 '심장 속에 남는 사
람' 이었다.

"나는?"

일간검색순위는 10위까지 표시된다.

그 안에 송염의 이름은 없었다.

각종 게시판의 반응은 둘로 양분되어 있었다.

남성 중심 게시판은 희진이 대부분의 지분을 독식하고 있었다.

　—희진 여신 목소리 죽이지 않나요?

　—목소리가 너무 슬퍼서 눈물이 날 것 같았어요.

　—이제 겨우 스물두 살이라면서요. 그런 무슨 한이 그리 많은지…….

　—탈북자니까요. 한국까지 오는 데 얼마나 많은 사연이 있었겠어요.

　—희진 여신이 아이돌 올킬 할 수 있나요?

　—설마요. 아이돌들은 몇 년씩 연습생 과정을 밟아 올라온 아이들이잖아요. 기본 실력이 달라요.

　—그래도 춤은 몰라도 얼굴과 목소리만으로는 올킬 할 수 있을 텐데요?

　—목소리가 아름답기는 하지만 가창력의 측면에서는 물음표를 주고 싶어요.

　—고함만 지른다고 가창력이 좋다는 편견은 버려요.

　—빨갱이!

　—윗분 키보드만 두드리지 말고 밖에 나가서 맑은 공기도 쐬고 그러세요.

　—북한 싫다고 목숨을 걸고 도망친 사람이 빨갱이라구요?

—그냥 트롤이에요. 무시하세요.

—빨갱이!

—꺼져!

—남남북녀란 말이 맞더군요. 앞으로 장모님의 나라는 우크라이나가 아니라 북한입니다.

—그러게요. 얼굴에 칼은커녕 화장품도 제대로 못 발랐을 텐데 광이 나더라구요.

—그 눈빛은 어떻고요. 보고만 있어도 빠져들던 걸요.

—ekwnsek.rja 어제자 스타퀸 토렌트요.

—윗 주소 클릭 금지요. 애드웨어 깔리네요. 신고했습니다.

—윗분 감사. 저도 신고했습니다.

—마희진 공식 팬카페를 개설했습니다. 포털에서 희진 사랑을 검색하세요.

—소속사도 없는데 무슨 공식 팬카페? 이 사기꾼아.

여성 중심 게시판은 희진이만큼은 아니어도 마동식의 이야기가 많았다.

—마동식 정말 멋지지 않나요?

—강호돈이 쇠파이프로 마동식의 머리를 칠 때 기절할 뻔

했어요.

　―눈빛이 멋지지 않아요. 완전 야성의 눈빛.

　―도복 사이로 보이던 잔 근육은 어떻고요. 헬스로 만든 몸하고는 질이 다르더군요.

　―세상에 그런 복근은 첨 봤어요.

　―얼굴은 날카롭게 생겼지만 마음씨는 좋을 것 같아요.

　―당연하죠. 어린 여동생 업고 한겨울 압록강을 건넜다고 하잖아요. 얼마나 추웠을까요?

　―백두산에 숨어서 수련을 했다면서요?

　―현대판 무사죠. 흐리멍덩한 요즘 남자들 눈빛과는 질이 달라요. 이글이글 타오르던 걸요.

　―다음 주가 너무 기대되요. 또 어떤 모습을 보여줄까요?

　―지금까지 스타킹 안 봤는데 담 주부터는 본방사수요.

　―관심은 관심이네요. 벌써 팬카페 생겼어요.

　―주소 부탁요. 가입해야겠어요.

　보통의 게시판은 희진과 마동식 두 남매의 이야기가 주였다. 하지만 그렇지 않은 게시판도 있었다.

　대형 포탈의 이종격투기 카페는 그야말로 폭발 직전이었다.

―어제 스타퀸 보신 분 계세요?

―저 봤습니다. 보고도 믿기지 않더군요. 상피공, 철포삼 종류일까요?

―조작이 없었다는 가정 아래 생각해 보면 강호돈이 내려친 쇠파이크가 살짝 휘었더군요. 그 장면을 보고 기겁했습니다.

―매의 눈으로 보셨군요. 전 그 장면보다 손등 찍기가 더 인상 깊었습니다. 손등은 약해서 단련하기 가장 어려운 부위라고 알고 있습니다. 그런데도 망치로 내려쳤는데도 미간 한 번 찌푸리지 않더군요. 철포삼을 넘어 금강불괴 지경인 듯 보였습니다.

―윗분들 댓글을 읽다 보니 눈속임이 아니었군요.

―원본 TP파일을 몇 번이고 돌려봤습니다. 조작은 아닌 것 같았습니다. 물론 확신할 수는 없습니다만…….

―그럼 그 시범이 사실이라면 문수파도 현존한다는 것이군요.

―검색해 보니 문수는 문수보살을 뜻하는 듯하더군요. 저도 몰랐는데 오대산이 문수보살의 성지더라구요.

―문수사상이 삼국시대 선덕여왕 때 승려인 지장법사가 당나라에서 들여온 걸로 봐서 그때 함께 왔을 가능성이 있습니다.

―그렇다면 최소한 1,400년 정도의 역사를 가졌다는 이야기군요.

　―정통은 아니겠지요. 윗 댓글이 사실이라면 본산은 오대산이고 백두산은 지파였을 테니까요.

　―본산이 사라졌는데 굳이 지파를 나눌 필요있나요.

　―아직은 더 두고 봐야 합니다. 보여준 검무가 아름답긴 했지만 형과 식이 전혀 느껴지지 않더군요. 초식이 없을 수는 없으니, 있더라도 대부분 유실되고 아주 적은 분량만 남았다고 생각해도 큰 무리는 없을 겁니다.

　무술과 격투에 심취해 있는 커뮤니티이다 보니 문수파라는 단어 하나만으로 많은 점을 유추해 내고 있었다.

　"물론 많은 부분이 틀렸지만 말이야."

　그럴 수밖에 없다. 일단 문수파라는 이름 자체가 사기 아닌가.

　이런저런 커뮤니티의 게시판을 읽고 있으려니 어젯밤 핸드폰을 꺼놨다는 기억이 떠올랐다.

　"……."

　까톡!

　까톡!

　까톡!

．．．．．．

스마트폰을 켜자마자 수백 통의 카톡 메시지가 울리고 부재중 전화도 무려 70여 통에 가까이 와 있었다.

지이이이이잉!

기다렸다는 듯 진동으로 해놓은 스마트폰이 울었다.

다행이 발신자는 희진이었다.

"여보세요?"

"전화를 왜 안 받아?"

"시끄러워서 꺼놨었어. 그런데 왜 전화? 수업 받으러 간 거 아니었어?"

"수업이고 뭐고 큰일 났어. 강의실로 기자들 하고 기획사에서 나왔다는 사람들이 찾아왔어."

"뭐?"

"오빠가 시킨 대로 인터뷰 안 한다고 했거든. 그래도 막무가내야. 기획사 사람들은 명함을 주면서 당장 사무실로 가서 계약하자고 하고……."

"……."

"어떻게 해 오빠. 학교에 못 있겠어. 다른 아이들에게 너무 미안해."

"일단 택시 잡아타고 이쪽으로 와라."

"알았어, 오빠."

그때 남은 삼겹살을 모두 해치운 마동식이 다가왔다.

"무슨 일이야?"

"예상했던 일이야. 기자들이 희진이를 찾아 학교로 갔대."

"좋은 거 아냐? 어차피 유명해져서 밤업소에 출현할 생각이었잖아."

"그 문제는 다시 생각해 봐야겠어. 일단 이것들 좀 읽어봐라."

송염은 격투기 카페 게시판을 가리켰다.

게시판의 글들을 읽은 마동식이 감탄했다.

"한국 네티즌들은 정말 대단한걸. 역사는 스승님에게 들었던 이야기와 거의 같아. 하지만 초식 문제는 틀렸어. 형과 식이 없는데 무슨 초식."

말을 듣다 보니 의문이 생겼다.

네티즌의 지적처럼 문수파에 정말로 초식이 부족한 걸까?

아니면 마동식의 말처럼 진정으로 초식이 없는 걸까?

의문을 해결하는 방법은 직접 해보는 것뿐이다.

"내가 널 칠게, 막아봐."

"알았어."

"아프지 않게 해라. 난 내 몸에 버프 못 거니까."

"걱정마라."

송염은 마동식에게 주먹을 날렸다.

마동식은 김태호에게 했던 것처럼 왼손을 살짝 저어 송염의 주먹을 휘감아 쳐냈다.

"휴우~ 멋진데."

전혀 아프지도 않았다. 마치 허공을 친 기분이었다.

"일전 김태호에게 했을 때와 같은 것 같은데? 안 그래?"

"아냐. 김태호는 너보다 작았고 더 빨랐어. 게다가 칼을 쥐고 있어 팔목의 형태도 달랐지."

"상대에 따라, 공격 방법에 따라 매번 다른 방법을 사용한다는 이야기야?"

"맞아. 너의 숨결, 근육 움직임, 몸속을 흐르는 기의 흐름이 공격의 진로를 예상하게 해준다. 물론 넌 기가 아니라 이상한 이질적인 흐름이 몸에 흐르고 있지만."

어려웠다.

그래서 송염을 솔직히 자신의 생각을 말했다.

"그렇더라도 그게 바로 초식이잖아. 그냥 손을 쳐내는 동작 전체를 뭉뚱그려 초식이라고 불러버려. 너야 구분하겠지만 어차피 다른 사람은 구분 못해."

"듣고 보니 네 말이 맞다. 고려해 보마. 나중에 오대산 깡패들 가르칠 때도 유용하겠다."

이 대화로 인해 지금까지 형과 식이 없던 마동식의 무술에 초식이 생겨 버렸다.

Chapter 16
문수권

송염은 예상보다 월등히 높은 인기에 힘입어 당초의 계획
을 수정했다.

　　이제 수정된 계획 속에 밤무대는 존재하지 않았다.

　　송염의 계획을 들은 마동식이 물었다.

　　"밤무대는 안 뛰고? 그럼 돈은?"

　　"다른 방법을 찾아봐야지. 지금 상황에서 밤무대는 무리일
것 같아. 내 예상보다 희진이와 네 인기가 너무 높아."

　　송염의 말을 들은 마동식이 그제야 자신의 속마음을 털어
놓았다.

"사실… 나도 조금 찝찝했었어. 네 말을 듣고 밤무대란 곳을 알아봤는데, 공연 도중에 취객이 난동도 부리고 무대로 뛰어올라오기도 한다고 하더라고. 나야 상관없지만 희진이가 걱정이 돼서……."

"나도 마찬가지였어. 누가 희진이가 지금처럼 예뻐질 줄 알았냐?"

"하긴 나도 놀랐다. 여자는 화장발이라더니 정말이더라. 너한테 꽃제비 시절의 순실이를 보여주고 싶더라니까."

"크크크, 정말 보고 싶다. 참, 동식아 너 기가 있어야 네 무술을 배울 수 있다고 했잖아."

"그렇지."

"기가 뭐지? 몸속을 흐르는 기운 같은 건가?"

배울 수 없다는 소리에 일부러 관심을 두지 않았다. 하지만 격투기 커뮤니티에서 언급되는 기라는 단어가 호기심을 자극했다.

마동식의 대답은 지극히 단순했다.

"무의식의 흐름이라고 말할 수 있어. 보통 사람은 행동을 하려면 생각을 해야 해. 하지만 심장을 비롯한 사람 몸속의 장기는 생각하지 않아도 움직이지. 바로 이 장기들을 움직이게 하는 힘이 기지. 내 기술은……."

정확한 명칭이나 정의가 없으니 대화가 형이상학적으로

흐르고 이해하기도 힘들었다.

"뭐, 문수파니까 문수권이라고 하자."

"좋아. 문수권은 그 기를 의식의 범주로 끌어내 사용한다."

"너는 기를 볼 수 있다고 했잖아. 기는 어떻게 보는데?"

"설명하기 힘들어. 일련의 수련을 하다 보면 어느 순간 그냥 보여."

문수파의 문수권은 정말 알기 쉬운 무술이다. 특별한 이론이 있는 것도 아니고 그저 정해진 수련 과정만 따라가면 끝이다.

"그럼 수련 방법은?"

"가장 중요한 핵심은 나를 잊는 일이야. 나를 잊고 내 기를 자연에 동화시키면 비로소 준비가 된 거지. 실질적인 수련은 이 과정을 끝내야 시작되는 거야. 수련 방법은 무식할 정도로 단순한 수련의 반복이야. 예를 들어 조금 전처럼 네가 주먹을 날리면 방어에 가장 효율적인 방법을 찾을 때까지 수십 번, 수백 번 반복하지. 그러다 보면 매 공격 시의 차이점을 자연스럽게 알게 된다. 그러면 몸이 움직여. 바로 무의식이 의식의 지배하에 놓이는 거지."

긴 설명을 들으니 그나마 어느 정도 이해가 됐다.

"일종의 자전거 타기와 비슷한 거구나. 자전거를 못 탈 때는 온몸으로 넘어지지 않으려 노력하지만 익숙해지면 생각하지 않아도 안 넘어지잖아."

"하하, 비슷해. 정확하지는 않지만 그렇다고도 할 수 있지. 역시 넌 똑똑해. 난 사부의 말을 이해하는 데 꼬박 1년이 걸렸다."

"……."

결국 마동식의 말은 이 세상 사람 중 송염만 빼고는 모두 문수권을 배울 수 있다는 것이다.

*　　　*　　　*

희진을 기다리며 인터넷을 검색하고 있던 송염은 문득 자신이 한 가지 사실을 놓치고 있다는 것을 깨달았다.

'세상에… 내가 왜 그 생각을 못했지?'

송염은 텔레비전을 보고 있던 마동식에게 물었다.

"동식아! 아까 네가 말하길 문수권에서 가장 중요한 핵심은 나를 잊는 일이라고 했잖아."

"그랬지."

"그리고 기를 자연의 기와 동화시킨다고도 했어."

"맞다."

"그 방법만 날 가르쳐 줄 수 있어?"

"헛수고다. 넌 배워도 절대로 기를 사용 못한다. 네 몸속에는 기가 아닌 전혀 다른 힘이 흐르고 있다."

"그래도 방법을 알려줘라. 쓸데가 있어서 그래."

송염이 떠올린 아이디어는 간단했다.

'쉬~ 수련 대신 문수권 수련 방법을 쓰는 거야. 나를 잊는다는 건, 곧 다시 말해 몸의 긴장을 완전히 푼다는 말이잖아. 게다가 자연의 기와 동화시키는 것은 팔찌의 힘과 동화시킨다는 것과 의미가 상통해.'

마동식은 별로 고민도 하지 않고 송염의 부탁을 흔쾌히 들어주었다.

"방법은 간단하다. 다만 빠르고 위험한 방법과 늦지만 안전한 방법이 있지. 둘 중 하나를 선택해라."

당연히 빠른 방법이다.

팔찌의 힘을 최대한 빨리 끌어낼수록 송염은 강해진다.

'그리고… 부자가 되는 거지.'

송염은 물었다.

"넌 무슨 방법을 선택했는데?"

"난 선택하지 않았다. 스승에게 빠른 방법을 강요당했다."

마동식도 했다. 나라고 못할 리 없다.

송염은 말했다.

"빠른 방법."

마동식이 물었다.

"언제부터 할 거냐?"

송엽은 마동식이 희미하게 웃고 있다고 느꼈다.

그래도 이제 와서 뒤로 물러날 수는 없다.

"지금 당장!"

마동식이 말했다.

"눈 감아라."

"왜?"

"넌, 빠른 방법을 원한다고 했다. 그러니 눈 감아라."

왠지 불길한 예감이 들었다. 확실히 마동식의 입꼬리 한쪽이 살짝 올라가 있었다.

송엽은 자신이 놓친 것이 있는지 기억을 더듬었다.

있었다.

빠른이란 단어에 현혹되어 놓친 단어는…….

'빠르고' 다음에 '위험한' 이란 단어가 있었어. 내가 왜 그 단어를 무시했지?

그래도 내친걸음이니 뒤로 물러설 수는 없다.

송엽은 눈을 질끈 감았다.

퍽!

누군가 송엽의 오른쪽 관자놀이를 망치로 내려쳤다. 무형의 힘이 오른쪽 관자놀이를 통과해 왼쪽으로 빠져나갔다.

동시에 송염은 의식을 잃었다.

얼마가 지났는지 모르지만 송염은 의식을 차렸다.

마동식이 물을 가져다주며 말했다.

"그 팔찌 신기하더라. 네 몸속으로 스며들었다."

"얼마나?"

"한 삼분지 일쯤일 걸?"

지금 중요한 것은 팔찌가 아니다.

"빠르긴 했지만 매번 이렇게 맞아 기절해야 하냐?"

"매번 반복하면 익숙해져. 원래는 제자가 의식을 잃으면 스승이 기가 흐르는 길을 안내해 줘. 그럼 무의식의 몸이 그 길을 기억하는 것이지. 나도 네가 기절했을 때 같은 방법을 사용해 봤는데 역시나 네 몸은 전혀 반응하지 않더라."

"그래서? 앞으로 매번 너에게 맞아 기절하란 말이야?"

"그건 아니다. 당분간만이다. 맞고 기절하길 반복하다 보면 어느 순간부터는 날아오는 주먹만 봐도 기절한다. 더 익숙해지면 스스로 의식의 스위치를 내릴 수 있다. '반복으로 익숙해진다.' 이는 문수권 수련 방법의 정수다."

맞아 기절하는데 익숙해진다. 황당했다.

'내가 파블로프의 개냐?'

반발심이 생겼지만 스스로 선택한 길이니 뭐라 하기도 이상했다.

그래도 대화를 하다 보니 머릿속에 한 가지 아이디어가 떠올랐다.

'될까?'

하지만 그전에 확인할 것이 있었다.

송염의 아이디어는 빠르고 위험한 수련 방법으로는 실현이 불가능했다.

그래서 송염의 다음 질문은 엄청나게 중요했다.

"그럼, 안전하고 느린 방법은 뭐냐?"

"먼저 말해 두지만 웃지 마라!"

"무슨 방법인데?"

"먼저 약속해라."

"알았어. 말해 봐."

"모든 소리에는 특유의 작용이 있다."

"……."

어디서 많이 듣던 소리다.

"예를 들면 못으로 유리를 긁는 소리를 들으면 사람은 등골이 간질거린다."

정말로 많이 듣던 소리다.

"칠판에 분필을 세워 긁으면 온몸에 전율이 흐른다."

더 이상 참지 못한 송염은 마동식의 설명에 끼어들었다.

"너, 혹시… '쉬' 이야기하려는 거냐?"

송염의 말을 들은 마동식이 정색을 했다.

순간 아닌가? 하는 생각이 들었다.

'하긴 아닐 거야. 그렇게 지저분한 방법을 천수백 년 동안 사용했을 리 없어.'

하지만 송염의 기대는 산산이 부서졌다.

"어떻게 알았냐? 역시 넌 똑똑해. 바로 그거야. 쉬 소리는 사람의 근육을 이완시키는 작용을 하지. 근육의 이완은 바로 나를 잊고 난 후 몸에 생기는 변화와 같아. 다만 의식이 있으므로 수련 과정은 무척 더디다."

"……."

젠장이란 소리가 절로 나왔다.

한편으로 신기하다는 생각도 들었다.

2,000년도 전에 유럽에 살았던 헤르메스 트리스메기스토스와 동양의, 그것도 가장 동쪽 끄트머리에 위치한 무술 종파의 이론이 같았다.

우연이겠지만 확실히 신기한 일임에는 분명했다.

'어쨌든 됐어. 가능해.'

그래도 송염은 자신이 생각하고 있는 아이디어가 가능하다는 사실은 확인했다.

느리지만 안전한 수련 방법과 문수권의 비슷한 동작을 체

계화시켜 그럴 듯한 이름을 붙이면 멋진 그림이 완성된다.

생각할수록 아이디어가 마음에 들었다. 이렇게 좋은 아이
디어는 감춰 둘 필요가 없다.

쇠뿔은 단김에 빼라고 소머리에 붙어 있는 것이다.

"도장이다. 도장이 필요해."

"도장? 뭘 계약하려고……? 내 도장은 집에 있는데… 가져
올까?"

"그 도장이 아니고, 태권도 도장, 유도 도장 할 때 그 도
장."

"……."

"도장을 차려서 문하생을 받는 거야. 물론 공짜는 아니지.
네가 방송에서 문수권의 위력을 보여주면 사람들이 모일 거
야."

"너, 정말 똑똑하구나."

마동식의 승낙으로 도장 문제가 해결됐다.

도장을 시작하면 밤무대를 뛸 필요도 없다. 모든 상황이 송
염을 만족시켰지만 완벽해지기 전에는 한 가지 꼭 짚고 넘어
가야 할 문제가 있다.

"절대로, 절대로, 빠르고 위험한 방법은 사용하면 안 된
다."

"왜 그래야 하는데? 나도 이론으로만 알아서 확신할 수 없지만 느리고 안전한 방법은 꽤 오래 수련해야 한다. 기초를 떼는 데 몇 년이 걸릴 수도 있어."

"생각해 봐라. 문하생들은 돈을 주고 문수권을 배우러 온 사람들이야. 그런데 그런 문하생들을 개 패듯이 패서 기절시켜버리면 돈이고 뭐고 당장 고소다. 합의금 마련하기 위해 장기를 내다 팔아야 할지도 몰라."

물론 과장이 있었지만 그렇다고 영 허무맹랑한 이야기도 아니다.

쓸데없이 폭주하는 경우가 있는 마동식에게 꼭 다짐 받아야 할 중요한 문제다.

"알았어. 하지만 예외는 두겠다."

"예외? 뭔데?"

"세 깡패들 문제다. 그들은 연이 닿아 온 사람들이니 내 사문의 일원이다. 그들만큼은 내가 배운 방법 그대로 정식으로 가르치고 싶다."

무슨 상관이랴.

솔직히 말해 아직도 송염은 그들 세 명을 받아들인 일이 그리 내키지 않았다.

하지만 마동식의 말에 오케이하기 전에 한 가지 걸리는 문제가 있었다.

바로 그 말을 하는 마동식의 눈빛이다.

마동식은 먹잇감을 찾은 늑대의 눈빛을 하고 있었다.

"너 설마… 네가 한 고생을 그들에게도 똑같이 시키려는 생각 아냐?"

마동식의 눈빛이 흔들렸다. 정곡을 찔린 것이다.

"쿨, 쿨럭!"

송염은 말했다.

"죽이지만 마라."

"알았다. 요령있게 하면 죽! 지! 는! 않는다."

'죽지는'을 발음하면서 음절마다 악센트를 붙이는 폼이 못내 미덥지 않았지만 송염은 다음과 같은 이유로 승낙하고 말았다.

'나도 어차피 빠르고 위험한 수련 방법을 해야 해. 나만 당할 수 없어.'

그래서인지 송염과 마동식의 눈빛을 똑같이 닮아 있었다.

잠시 후, 희진이 돌아오자 송염은 자신을 생각을 말했다.

마동식과 마찬가지로 희진 역시 송염의 생각을 따라주었다.

"10승 하면 연승상금 3,000만 원과 우승상금 3,000만 원이 생겨. 게다가 출연료도 3,000만 원이지. 9,000만 원이면 변두리로 나가면 도장을 차릴 밑천이 될 거야."

"찬성이다."

"나도 찬성."

송염은 잠시 망설이다 입을 열었다.

"그리고 또 한 가지가 있는데……."

"말해 봐라."

"뭔데 오빠?"

"우리 문제야. 지금까지 우리는 서로를 믿고 일을 하고 있
잖아. 하지만 앞으로도 그러라는 법은 없어. 계약을 확실히
해둘 필요가 있어."

"……."

"……."

"우선 확인하자. 동식이 넌 도장에서 문하생을 키우면 돼.
맞지?"

"그렇지."

"그럼 희진이는 앞으로 어떻게 할 거야?"

"학교 다녀야지."

"연예인 되고 싶은 생각은 없어?"

"내가? 에이~ 오빠두, 놀리지 마. 나같이 평범한 아이가
무슨 연예인이야. 연예인은 아무나 못해."

지금은 그렇게 생각할 수 있다. 하지만 앞으로도 그러라는

법은 없다. 인기란 마약과 같아서 한 번 맛보면 절대로 벗어날 수 없다.

"쉽지 않을 거야. 생각해 봐라. 우선 기획사에서 가만 놔둘까? 한 3억 원 준다고 하면서 계약하자면 거절할 수 있어?"

"…그야… 3억? 세상에 3억이나 줄까?"

3억이란 소리에 희진의 눈빛이 심하게 흔들렸다.

약간 서운한 마음이 들긴 했지만 어쩌면 당연한 일이다 싶었다.

마동식과 희진이 한국에서 얼마나 힘들게 살아왔는지 잘 알고 있기 때문이다.

탈북자는 한국에 도착하면 먼저 탈북자 정착 지원기관인 하나원에서 3개월간 한국 적응 교육을 받는다.

이때 이뤄지는 교육은 거창한 것이 아니다.

은행 사용법, 지하철 타는 법, 공과금 내는 법 등 아주 기초적이고 기본적인 생활 관련 상식이 대부분을 차지한다.

그리고 교육을 마치고 사회에 나오는 탈북자들에게 정부는 1인당 700만 원의 정착 지원금을 지급한다. 이는 향후 취업 전까지의 생활비다.

또한 탈북자들의 취업을 위한 직업훈련, 자격증 취득, 취업 장려금 등으로 개인당 2,440만 원을 지급한다.

노령이거나 장애가 있거나 지병으로 인해 장기치료를 받아야 하는 탈북자는 1,540만 원 한도에서 보조금도 지급한다.

주거지원금은 1인당 1,300만 원이다.

직장을 가질 때까지는 의료보험도 무상이고 국민연금도 가입시켜 준다.

학교 다닐 나이의 어린 탈북자를 위해 중, 고, 국립대 학비를 전액 지급해 주고 사립대는 50퍼센트를 보조해 준다.

언뜻 보면 참 많은 혜택이다.

하지만 이는 숫자의 허상에 불과하다.

직업훈련비는 탈북자가 갖는 것이 아닌 학원에 등록하고 출석을 하면 학원으로 지급되는 돈이다.

의료 지원금도 마찬가지다. 이 지원금을 받는 탈북자는 근로 능력이 없는 노약자나 장애인이다. 이 또한 실비정산으로 탈북자가 치료받는 병원으로 간다.

주거지원금 또한 마찬가지다.

이는 정부가 제공하는 임대주택의 관리비다. 당연히 관리사무소 몫이다.

송염은 어디선가 대학 특례가 너무 과한 혜택이 아니냐는 소리를 들은 적이 있다.

하지만 한국에 온 탈북자의 숫자는 대략 2만 4천 명. 이 대부분은 삼사십대 이상의 중년층이다. 처음부터 학교를 다닐

취학계층의 숫자는 극히 소수에 불과하다.

한국에 온 탈북자는 가진 것이라고는 몸뚱이밖에 없는 천애고아다.

그들은 누구의 도움 없이 맨몸으로 한국에 적응해야 한다.

이들은 스마트폰도 컴퓨터도 사용할 줄 모른다.

제대로 전화도 못 받는다.

한국 사람의 대화 절반은 못 알아듣는다.

즉 탈북자는 700만 원의 현금만을 쥐고 지극히 생소한, 전혀 생소한 한국이란 사회에 떨어진 외계인과 같았다.

이는 사전 지식과 정규 교육을 받지 못한 한국인이 현금 700만 원을 쥐고 유럽의 어느 나라에 방 한 칸과 함께 떨어진 경우와 같은 것이다.

이것으로 끝이 아니다.

방법도 모르고 길도 모르는 탈북자들은 자력으로 한국에 오지 못한다.

그래서 이들이 찾는 것은 브로커다. 브로커들은 이들을 한국에 올 수 있게 해준 다음 하나원에서 퇴소하는 즉시 대가를 요구한다.

그 금액이 일인당 600만 원이다.

안 줄 수도 없다. 대한민국 법원은 계약이니 지급해야 한다고 브로커의 손을 들어준 판례를 남겼다.

그래도 버티면 브로커는 탈북자가 살고 있는 유일한 안식처인 임대주택의 보증금을 압류한다.

이제 남은 돈은 불과 일인당 100만 원이다.

그나마 최후의 보루는 있다.

탈북자들은 아무것도 없는 빈털터리다. 그러니 당연히 기초생활수급자다. 정부는 기초생활수급자인 탈북자 가정 당 매달 30만 원의 돈을 준다.

마동식과 희진도 똑같은 상황을 겪었다.

그나마 마동식의 나이 덕분에 기초생활수급자 지정도 못 받았다.

그런 그들에게 3억은 영혼이라도 팔고 싶을 정도로 거금이다. 한국 생활 3년 동안 두 사람이 배운 것은 돈의 위대함이었다.

희진이 입을 열었다.

"싫어. 더 줘도 싫어."

"왜 연예인 하기 싫어? 매일 예쁘게 꾸미고 방송에 나올 수 있어. 돈도 많이 벌고."

"그런 건 아냐. 나도 알아. 오늘 친구들에게 귀에 딱지가 앉도록 스타에 대한 강의를 들었어. 솔깃하지 않았다고 하면 거짓말이겠지. 하지만 다른 사람 하고는 싫어."

눈물 나도록 감사하다.

마동식도 희진과 의견이 같았다.

"나도 마찬가지다. 우리가 이런 복에 겨운 고민을 하게 된 것도 다 너 때문 아니냐. 네가 전화를 해주지 않았다면 이런 일은 있지도 않았다. 그러니 꼭 기획사가 필요하면 네가 차려라. 그리고 계약금 없이 나와 희진이를 데려가면 된다."

"맞아, 오빠. 그렇게 하자."

송염은 웃었다. 그리고 말했다.

"회사를 차리자. 그리고 계약을 하자. 단 동식아 넌 필요 없다. 크크크크크."

"그럼 희진이도 없다."

마동식이 대꾸했다.

여전히 농담이 안 통하는 친구다. 그래도 그런 마동식이 좋았다. 가볍지 않으며 진중하고 말의 무게를 알고 자신이 뱉은 말은 꼭 지킨다.

마동식은 멋진 친구였다.

Chapter 17
계속되는 도전

두 번째 방송 녹화가 끝나고, 그 주 일요일 저녁 7시에 두 번째 방송이 시작되었다.

　첫 번째 방송이 과격한 시범으로 충격을 주는 것이었다면 두 번째 방송은 조금 더 세밀하게 문수파의 무술을 보여주는 계기로 삼았다.

　첫 번째 시범은 긴 바늘로 손바닥 찌르기였다.

　실험맨으로 선택된 여자 아이돌 그룹 멤버는 얼굴이 하얗게 질려 바늘을 든 손을 바들바들 떨었다.

　"못하겠어요."

강호돈이 호들갑스럽게 소리쳤다.

"괜찮아요. 꽉! 찌르세~ 요."

"정말 못하겠어요."

연긴지 아닌지 모르겠지만 여자 아이돌은 정말로 울기 일
보 직전이었다.

하지만 이렇게 진행되면 예능프로그램이 아니다.

MC강호돈의 부추김이 있었고 여자 아이돌이 앙증맞은 포
즈로 '파이팅'을 외쳤다.

마동식의 손이 클로즈업되었다.

패널 연예인들이 탄성을 질렀다. 경탄보다는 안타까움의
탄성이었다.

그것은 손이 아니었다.

마동식의 손은 상처가 없는 자리를 찾아보기 힘들 정도였
다.

여자 아이돌이 드디어 바늘로 손바닥을 찔렀다.

흘러가는 자막으로 '절대 따라하지 마세요'라는 자막이
크게 나타났다.

바늘은 단 1밀리미터도 손바닥을 뚫지 못했다.

역시 아이돌인 남자 패널이 이의를 제기했다. 그는 뛰어난
운동 실력을 캐릭터로 삼고 있는 아이돌이었다.

"안 찌르는 거 아니에요? 들어가진 않더라도 피부가 밀리

긴 해야 되는데 전혀 그렇지 않네요."

강호돈이 특유의 호들갑을 떨었다.

"좋은 지적입니다. 정말입니다."

그는 여자 아이돌에게 물었다.

"왜 힘을 안 주는 겁니까?"

여자아이돌이 억울하다며 말했다.

"엄청 세게 주고 있어요. 정말이에요."

"에이~ 거짓말!"

"진짜예요. 바늘을 잡은 손가락 끝이 하얗게 변한 것 안 보이세요?"

결국 바늘은 이의를 제기했던 남자 아이돌에게 돌아갔다.

남자 아이돌이 팔을 걷어 근육을 드러내며 물었다.

"꽉 찔러도 되나요?"

마동식이 대답했다.

"얼마든지."

방송을 보던 송염이 투덜거렸다.

"방송으로는 잠깐이잖아. 저 장면만 한 시간 넘게 끌었어. 얼마나 짜증나던지. 버프 타임 다 되가는데 계속 찌를까 말까만 반복하는 거야."

강철중이 맥주 캔을 따면서 말했다.

"동식이도 짜증난 것 같은데? 안 그래?"

입안 가득 치킨을 오물거리던 마동식이 대답했다.

"한국 여자들 행동에서 제일 이해가 안 되는 행동이 애교다. 아기도 아닌데 왜 저렇게 찡찡대는지 모르겠다."

요는 짜증이 났다는 이야기다.

"그나저나 동식이 너 인기 짱이더라. 우리 회사 여직원도 네 이야기를 하더라고. 그래서 내 친구라고 말해줬지."

"……"

"그랬더니 사인을 부탁하는 거야. 얼마나 웃기던지."

닭다리 한 개를 해치우고 두 개째를 잡아가던 희진이 물었다.

"그게 왜 웃겨? 내 친구들도 울 오빠 소개시켜 달라고 난리야. 현대 남성들이 잃어버린 야성미가 있다나 뭐라나."

"사람들은 저 식탐 대마왕의 정체를 모르거든. 네 오빠 먹는 모습 보여주면 팬이 99퍼센트는 도망칠걸?"

송염도 대화에 끼어들었다.

"크크크크, 희진이도 막상막하지. 언제 희진이 먹방 한 번 찍어서 올려볼까?"

"여자랑 남자는 다르지. 아마 탐스럽게 먹는다고 인기가 더 올라갈걸?"

"하긴……."

사실이 그랬다.

송염은 깔끔하게 인정하고 다시 방송에 집중했다.

남자 아이돌은 얼굴이 붉어지도록 바늘을 밀어 넣었지만 성과가 없었다.

강호돈도 시험에 참가했다.

그 역시 성공할 수 없었다.

"정말 대단합니다. 믿을 수가 없습니다. 언빌리버블."

다음 시범은 격파였다.

형식적인 송판 격파와 기왓장 격파가 끝나자 다음 순서로 접시 크기의 돌멩이가 나왔다.

송염은 족발 다섯 점을 한꺼번에 입에 쑤셔 넣은 마동식에게 물었다.

"동식아, 궁금해서 그러는데 네 실력으로 버프 없이 저 돌 쪼갤 수 있어?"

"요령만 있으면 간단하다."

"어떤 요령?"

"돌을 내려칠 때 한 손으로 잡고 바닥에서 살짝 띄운 다음 치면 된다."

마동식이 족발 뼈다귀를 들고 방바닥에서 끝을 살짝 든 다음 시범을 보였다.

마동식의 수도가 뼈다귀를 내려치고 그 힘으로 뼈다귀가 방바닥에 부딪쳤다. 미세한 틈이었지만 효과는 충분했다.

픽!

빠각!

단단한 뼈다귀가 두 조각이 났다.

"결국 돌은 바닥과 부딪쳐 깨진다는 이야기네? 그럼 편법을 쓰지 않고는?"

"힘은 들지만 그래도 깰 수 있다."

마동식의 대답은 거침없었다.

실제로 방송에서 마동식은 무척 쉽게 돌을 조각냈다. 물론 향후 조작 논란이 없도록 돌을 바닥에 놓고 잡지 않고 격파하는 방식이었다.

"너무 쉽게 깨는 거 아냐? 무슨 두부 쪼개지듯 하네."

"너의 버프 때문이다."

"내 버프? 스톤스킨 버프는 안 아프게 해줄 뿐, 대상을 속까지 강하게 만들어 주지는 않아. 그냥 겉 표면의 경도가 무한대로 올라갈 뿐이야."

"대신 절대로 아프지 않는다는 믿음. 이건 격파에 있어 매우 중요한 문제다. 고통에 대한 무의식적인 공포심 스위치를 끊어 본신의 힘을 모두 쓸 수 있게 해주기 때문이다. 이유는 또 있다. 바늘의 경우에서 봤다시피 피부가 눌리지 않는다. 격파의 가장 큰 걸림돌은 뼈와 대상 사이에 있는 살이다."

"살이 눌리면서 충격을 흡수하는데 버프를 받으면 그렇지 않다?"

"역시 넌 똑똑하다."

송염은 웃었다.

"크크크. 솔직히 말해 네가 나보다 똑똑한 것 같은데? 말주변도 훨씬 는 것 같기도 하고."

"모두 희진이 때문이다. 방송 출연하는데 내 말투가 너무 무식하고 밤마다 토론 연습을 시킨다."

오누이가 마주 앉아 토론을 하는 모습을 상상하니 도무지 웃음을 참을 수 없었다.

"크크크크크."

희진이 얼굴을 붉히며 항변했다.

"근데 나도 놀랐어. 오빠는 쓸데없는 지식이 많더라고. 오빠 스승님이 옛날 역사와 한자를 엄청 가르쳐 주었대."

"하긴……. 희진이 너 똑똑한 걸로 봐서 동식이가 머리가 나쁠 리 없지."

격파 시범이 끝나자 이번에는 희진이 차례였다.

희진은 열화와 같은 성원을 등에 입고 등장해 노래 한 곡을 불렀다.

어젯밤에도 불었네, 휘파람 휘파람
벌써 몇 달째 불었네, 휘파람 휘파람
복순이네 집 앞을 지날 때 이 가슴 설레어
나도 모르게 안타까이 휘파람 불었네
휘휘휘 호호호 휘휘 호호호
휘휘휘 호호호 휘휘 호호호

한 번 보면은 어쩐지 다신 못 볼 듯
보고 또 봐도 그 모습 또 보고 싶네
어제 꿈에 내게로 다가와
생긋이 웃을 때 이 가슴에 불이 인다오
이 일을 어찌하랴 휘휘휘 호호호
휘휘휘 호호호 휘휘 호호호
휘휘휘 호호호 휘휘 호호호

어젯밤에도 불었네, 휘파람 휘파람
벌써 몇 달째 불었네, 휘파람 휘파람
아름다운 꽃다발 안고서 휘파람 불면은
복순이도 내 마음 알리라 알아주리라
휘휘휘 호호호 휘휘 호호호

휘휘휘 호호호 휘휘 호호호

아아아 휘파람 아아 휘파람
아아아 휘파람 휘휘 호호 휘파람
휘휘 호호 휘휘 호호 휘휘 호호 휘파람

노래 제목은 휘파람.

대한민국 사람들도 많이 들어봐 익숙한 북한 노래다.

희진은 이 노래를 북한 가수 특유의 가성을 쓰지 않고 한국 창법으로 불렀다.

역시나 반응은 대단했고 문수파는 94점으로 다시 한 번 우승했다.

세 번째 방송도 처음 두 방송과 대동소이하게 진행되었다.

단지 달라진 점은 뜨거운 관심을 반영하듯 검증단 면면이 일반인에서 운동선수와 무술가들로 변했다는 점이었다.

무술가들의 발차기와 정권지르기도 열띤 반응을 얻었지만 방송의 압권은 역시 야구 선수와 골프 선수의 등장이었다.

야구 선수는 야구 배트로 풀스윙을 했고 골프 선수는 클럽을 휘둘렀다.

두 선수가 최선을 다했다는 증거는 부러진 배트와 엿가락처럼 휘어버린 클럽의 상태로 증명되었다.

문수파는 이날 다시 90점의 점수로 3주째 우승을 차지했
다.

3회가 끝나가 나온 4회의 예고는 공중파 방송에서는 상상
하기 힘든 내용을 담고 있었다. '다음 주 세상을 깜짝 놀라게
할 엄청난 도전이 스타퀸을 찾아온다' 라는 상투적인 멘트 뒤
에 활을 든 양궁 선수의 모습이 비쳐진 것이다.

예고편이 방송된 후 엄청난 논란이 인터넷을 휩쓸었다.

못 믿겠다는 네티즌도 있었고…….

―말이 됩니까?

―낚십니다, 낚시.

―눈속임입니다. 마술로 사람을 절단하는 것과 같은 원리
입니다. 속으면 병신.

―지금까지도 전부 조작이었어. 명불허전 SBC.

불가능하다는 네티즌도 있었다.

―활은 30미터 거리에서 자동차 철판도 뚫습니다. 활의 관
통력은 단련으로 방어 가능한 수준이 아니에요.

—스타퀸은 시청률 때문에 무리수를 두고 있다. 아마도 발사 직전에 어떤 이유를 들어 취소하거나 조작할 생각일 것이다. 아니면 내 손가락을 건다.

또한 가능하다는 네티즌도 있었다.

—지금까지 마동식은 언제나 믿기 힘든 도전을 성공시켜 왔습니다. 이번 도전도 성공하리라 믿어요.
—기대됩니다. 인간의 능력은 무한합니다. 지금까지 마 도사님은 불가능을 가능으로 만들어 주셨습니다. 이번에도 성공할 겁니다.

물론 다른 시선으로 스타퀸을 보고 있는 네티즌도 글을 남겼다.

—말초신경을 자극하는 공중파 오락, 이대로 좋은가.
—여대생 출장 안마. wjsghkgo.zja
—기체조로 암을 극복할 수 있어요. 제 경험담을 보시려면 클릭하세요. rnfk.zja.

사람에게 활을 쏜다는 충격적인 내용이 알려지자 시청률

이 하늘 높은 줄 모르고 치솟았다.

놀랍게도 방송은 예고대로였다.

응급 치료진을 대기시킨 채 시작된 도전은 고정한 손바닥에 양궁 선수가 활을 쏘는 방식으로 진행되었다.

양궁 선수가 우선 캔을 뚫고, 수박을 뚫고 목판과 철판까지 관통하는 활의 위력을 보여주었다.

탄성이 터지고 마동식이 등장했다.

"믿기지 않는 엄청난 도전입니다. 실패하면 손이 관통될 수도 있습니다. 마 도사님 정말 가능할까요?"

마동식은 시크하게 말했다.

"반반입니다."

"반반이라구요? 그럼 성공한다는 보장이 없는 위험한 도전 아닙니까?"

"그러기에 더 가치가 있는 겁니다. 벽은 부수라고 있는 겁니다."

그래도 방송이니만큼 안전장치를 하지 않을 수는 없었다.

마동식은 만일의 사태에 대비한다는 명목으로 두꺼운 투명 폴리카보네이트 판 뒤에 서야 했다.

준비가 끝나자 마동식은 손을 과녁에 가져다 댔다.

여러 가지 호들갑과 갑론을박이 벌어져 방송 분량을 뽑은 후 양궁 선수가 드디어 활을 쐈다.

비명 소리가 스튜디오를 채우고 패널들이 경악하는 얼굴이 차례로 클로즈업되었다.

당연히 긴장하고 있는 희진과 송염의 얼굴도 잡혔다.

결과는 성공이었다.

화살이 손에 맞고 바닥으로 힘없이 떨어졌다.

스튜디오를 채우고 있던 비명 소리가 더 큰 함성에 밀려 사라졌다.

패널들은 서로 악수를 하고 포옹도 하면서 오버스럽게 요란을 떨었다.

당연히 문수파는 99점이라는 스타퀸 방송 사상 전례가 없는 높은 점수로 우승했다.

시청자들은 4회 마지막 예고에 주목했다.

이제 나올 만큼 나왔다는 게 중론이었다. 마동식은 인간이 얼마나 단단해질 수 있는지의 극한을 보여 주었다.

하지만 그런 모습에 열광하는 사람들도 있었지만 사실 대부분의 사람들은 마동식의 도전을 일종의 마술쇼로 받아들이고 있었다.

'이해할 수 없는 일은 속임수'라는 현대사회를 지배하는 아주 간단한 명제 때문이다.

사실 지금까지 문수파가 얻은 인기의 원동력은 9할 이상이 희진 때문이었다.

물론 몇몇 특이한 취향의 여성들이 마동식에 열광하긴 했다. 하지만 그들은 소수에 지나지 않았고 마동식이 방송에서 조금씩 입을 열수록 그 숫자가 줄어들었다.

도전은 회를 거듭할수록 더욱 강하고, 자극적일 수밖에 없었다.

그래서 고심 끝에 송염이 선택한 도전은 인간과 자동차의 충돌이었다.

5회에 방송된 이 도전 역시 보기 좋게 성공했고 문수파는 다시 우승했다.

이번 점수는 90점이었다.

시속 60킬로미터로 달리는 자동차에 부딪치고도 멀쩡한 결과치고는 낮은 점수였다.

Chapter 18
SN엔터테이먼트

Buffer

　송염이 다음 도전 종목을 선정하느라 고심하고 있을 때 스타퀸의 피디인 임영석과 메인작가 김계숙이 미팅을 요청해 왔다.

　미팅 장소는 강남의 한 일식집이었다.

　통보를 받은 송염은 전화한 김계숙에게 말했다.

　"실수하시는 겁니다."

　"왜요? 회를 싫어하나요?"

　"아닙니다. 엄청 좋아합니다."

　"그런데요?"

"너무 좋아해서 탈입니다. 저희가 아니… 저 빼고 두 명이 꽤나 많이 먹거든요. 그래서 비용이 무지하게 많이 나올 겁니다. 그러니 삼겹살집 정도에서 만나죠."

"호호호호, 상관없어요. 문수파 덕분에 시청률이 13퍼센트나 폭등했어요. 비용은 방송국에서 낼 테니 마음껏 드셔도 되요."

소식을 전해 들은 마동식과 희진의 반응은 시큰둥 그 자체였다.

두 사람에게 회란 음식은 생소한 음식이었기 때문이다.

"북한에서는 먹어본 적이 없고 한국에 와서도 먹을 기회가 없었어."

희진의 설명처럼 두 사람은 회를 한 번도 먹어본 적이 없었다.

"이번 기회에 먹어보면 되겠다. 비싸고 양 적은 음식이라고 생각하면 딱 맞아."

"우리가 먹었던 소고기보다도?"

"당연하지 일인분에 10만 원도 넘을 걸?"

희진이 자리에서 일어났다.

그리고 말했다.

"뭐해? 안 일어나고? 빨리 가자."

"……."

송염은 마동식과 희진을 데리고 약속장소인 일식집으로 갔다. 일식집은 건물내부에 개울(!)이 있을 정도로 상당히 고급 식당이었다.

안내를 받아 예약된 방으로 가 보니 임영석, 김계숙과 또한 명의 남자가 이미 도착해 있었다.

임영석 피디와 이십대 후반의, 송염 나이 또래로 보이는 남자는 이미 술을 마시고 있는 상태였다.

"어~ 어서와, 스타님들."

"왔네요. 앉아요."

시청률이 잘나왔다고 밥을 산다면서 처음 본 사람과 술을 마시고 있다.

첫인상이 좋지 않았다.

그렇다고 박차고 나갈 수도 없었던 송염은 시큰둥하게 대답했다.

"아, 네. 그런데 저분은……."

"아, 내 정신 좀 봐. 깜박했네요. 이분은 그 유명한 SN엔터테인먼트의 이준석 상무세요. 여러분을 무척 만나고 싶어 하셨답니다."

SN엔터테인먼트는 대한민국 최고의 연예기획사로 소속된 가수와 배우, 개그맨만 해도 100명이 넘는다.

스타퀸 패널로 나오는 연예인 절반 이상이 SN 소속일 정도다.

그런 SN엔터테인먼트의 상무니 분명 대단한 사람일 것이 분명했다.

소개를 받은 이준석이 자리에서 일어나 악수를 청했다.

"요즘 가장 핫한 세 분을 만나 뵙게 돼서 영광입니다. SN의 이준석입니다."

"……."

마음에 들지 않았다.

그전에 솔직히 임 피디와 김 작가에게 화가 났다.

문수파가 언론과 기획사와 만나지 않는다는 사실은 잘 알려져 있다. 그럼에도 불구하고 미리 통보도 하지 않고 이런 자리를 만들었다.

송염이 가만히 있자 이준석이 능글맞게 웃으며 말했다.

"하하하, 손이 부끄럽습니다. 그리고 임 피디와 김 작가 너무 나무라지 마십시오. 문수파 여러분이 워낙 만나기 힘들어서 어쩔 수 없이 편법을 썼습니다."

송염이 받은 이준석이 첫인상은 버터를 가득 바른 마가린이었다. 결코 첫인상이 좋지 않았다는 의미다.

안 그래도 안 좋았던 첫인상이 더 나빠졌다.

김계숙 작가는 몰라다 임영석 피디는 이준석보다 최소 스무 살은 더 먹었다.

그럼에도 불구하고 이준석은 임영석 피디에게 존대를 하고 있지 않았다. 더 열받는 것은 그런 호칭을 임영석 피디가 자연스럽게 받아들이고 있다는 점이었다.

방송국 피디는 자기 프로그램에서 무소불위의 권력을 휘두른다. 짧은 방송 경험이지만 송염은 그런 광경을 무척 많이 봐 왔다.

그런 피디가 굽실거리는 남자.

송염이 가장 싫어하는 부류가 돈과 권력으로 사람을 깔아 뭉개는 스타일의 사람이다. 그리고 이준석이 꼭 그런 스타일의 남자였다.

그렇다고 자리를 박차고 나갈 수도 없었던 송염은 어쩔 수 없이 이준석의 손을 잡았다.

"송염입니다."

"아~ 송염 씨, 문수파의 실질적인 리더라고 들었습니다. 그런데 생각보다 평범하시군요."

"네?"

"하하하하. 제가 말이 심했나요? 거짓말을 못하는 성격이라서요. 매번 오디션에서 수백, 수천 명의 연예인 지망생을 평가하다 보니 사람을 보면 습관적으로 평가하는 버릇이 생겼습니다."

평가는 자유지만 그 결과를 입 밖으로 내는 일에는 책임이 따른다.

송염의 독설이 터졌다.

"그러는 이준석 씨는 버터로 세수하고 버터로 머리 감은 다음 똥으로 양치질을 하셨군요."

"……."

"아~! 미리 말씀드리지 않아서 죄송합니다. 오디션 심사는 안 해봤지만 저도 이준석 씨와 같은 버릇이 있습니다."

"……."

분위기가 냉탕에라도 들어온 것처럼 냉랭해지자 김계숙이 나섰다.

"무도가들은 직선적인 성격의 소유자가 많다더니 사실이었군요. 이 상무님도 심하셨어요. 저분들은 오디션을 보러 온 연습생 지망생이 아니잖아요."

그러자 이준석이 웃으며 말했다. 하지만 그의 눈은 전혀 웃고 있지 않았다.

"하하하하, 제가 한 방 먹었습니다. 정식으로 사과하죠. 미안합니다."

송염은 그 사과가 입에서 나온 상투적인 것이란 사실을 느낄 수 있었다. 기분이 더 나빠졌다.

송염의 눈치를 보던 희진이 나섰다.

"전 마희진이에요. 반가워요. 이쪽은 제 오빠 마동식."

"반갑습니다. 화면보다 실물이 훨씬 아름다우시네요. 전
이준석입니다."

이준석이 손을 내밀어 희진에게 악수를 청했다.

그 손을 맞잡은 이는 마동식이었다.

"악수는 저랑 하시죠. 마동식입니다."

마동식이 손을 잡자 이준석의 인상이 구겨졌다.

"큭, 손… 손……."

"아, 미안합니다. 제가 힘 조절이 서툴러서요."

상황은 이제 회복할 수 없는 지경에 처했다.

사태를 진정시켜야 할 임영석 피디는 외면한 채 술만 마시
고 있었고 김계숙 작가도 그리 편한 얼굴이 아니었다.

그래도 역시 김계숙이었다.

"젊은 남자 분들이라 그런지 불꽃이 튀는군요. 남자들은
싸우면서 정 든다고 하던데 맞나 봐요. 모두 앉으세요."

몇 마디 말로 다툼을 남자간의 흔한 대립으로 만들어 버린
김계숙이 문수파 남자들을 움직일 수 있는 유일한 존재인 희
진을 물고 늘어졌다.

"희진 씨, 배 안 고파요? 난 정말 배고픈데… 이 집 무지 맛
있어요."

밥이란 말이 희진에게 주는 위력은 대단했다.

"배고파요. 염 오빠, 동식 오빠, 앉아요."

"……."

"……."

누구 말이라서 거부할 수 있으랴.

송염과 마동식은 잘 길들여진 치와와처럼 의자에 앉았다.

김계숙의 장담처럼 요리는 훌륭했다.

물컹거리는 생선에 거부감을 표시하던 마 씨 남매는 머리를 박고 음식에 탐닉하기 시작했다.

남매의 그런 모습을 처음 본 임영석 피디와 김계숙 작가, 그리고 이준석은 그저 멍 하니 입을 벌릴 뿐이었다.

희진이 회 네 점을 한꺼번에 입으로 쑤셔 넣고 오물거리는 모습을 보던 이준석이 임영석 피디에게 말했다.

"식신(食神) 기믹까지, 완벽하네요."

"그렇죠? 말도 잘합니다. 저러고도 몸에 군살 한 점 없습니다."

"정말 욕심나네요. 물건이에요, 물건."

"하하, 이 자리 제가 만들었다는 사실 회장님께 잘 좀 말씀드려 주십시오."

"걱정 마세요. 술 받으십시오."

딴에는 목소리를 낮춰서 이야기하고 있었지만 송염의 귀

에는 두 사람의 대화가 또렷하게 들렸다.

수련 때문인지 아니면 팔찌 때문인지 송염은 부쩍 눈도 좋아지고 귀도 밝아졌다. 또 더위나 추위도 타지 않았다.

'정말 짜증나는 인간들이네. 그래도 참자, 참아. 10회까지 우승하려면 어쩔 수 없다.'

송염은 이를 악물고 묵묵히 요리들을 입으로 가져갔다.

배에 거지가 군단 규모로 들어앉은 마 씨 남매에게 한입거리도 안 되는 일식요리 몇 접시는 애피타이저 역할도 하지 못하고 사라졌다.

깨끗이 비워진 빈 접시를 아쉽게 바라보고 있는 희진을 보고 이준석이 말했다.

"부족하십니까?"

"네… 조금, 많이 부족하네요. 이걸로 끝난 건가요?"

"하하하하. 아닙니다. 먹고 싶으신 것 마음껏 주문하세요. 오늘 식사는 제가 모두 계산하겠습니다."

먹어야 얼마나 먹겠냐는 마음에 호기롭게 한 말이었겠지만 그것은 오산이었다.

마 씨 남매는 먹는 것으로 웬만한 가정의 경제 사정을 파탄으로 몰아갈 수 있는 존재들이었다.

일행이 먹은 일식 정식요리 일인분의 가격은 20만 원.

희진의 머릿속에 가격은 들어 있지 않았다.

그녀의 머릿속은 온통 누군가 산다고 했다, 즉 많이 먹어도 된다라는 지극히 단순한 관념이 지배하고 있었다.

희진은 같은 정식을 '일단' 6인분을 더 시켰다.

그러자 김계숙이 말했다.

"전 됐어요. 5인분만 시키세요."

그러자 임영석 피디와 이준석도 말했다.

"나도 배부르네."

"저도 됐습니다. 3인분만 추가하면 될 것 같습니다."

말이 끝나기가 무섭게 희진이 영문을 모르겠다는 표정으로 말했다.

"네? 이거 제가 먹을 건데요?"

세 사람을 충격에 빠뜨린 희진은 마동식에게 말했다.

"오빠도 시켜. 여기 정말 맛있네."

"그럴까? 나도 6인분 더."

"어디 속이 안 좋아? 6인분으로 되겠어? 양이 너무 적던 데……."

"뭐~ '일단' 이니까."

일단의 위력은 놀라웠다.

첫 번째 6인분을 해치운 남매는 다시 '일단' 6인분을 더 시켰다.

이로서 지금까지 나온 식사 대금은 30인분 600만 원을 찍고 말았다.

'일단'의 위력을 몸소 경험한 이준석이 살짝 자리에서 일어나 밖으로 나갔다 들어왔다.

두 번째 6인분이 끝나자 마씨 남매는 입가심으로 각 2인분을 다시 주문했다.

그러자 주문을 받은 여종업원이 시켜서 어쩔 수 없이 한다는 표정으로 사무적으로 말했다.

"죄송합니다. 재료가 다 떨어져서요."

여종업원이 나가자 이준석이 공치사를 했다.

"마음껏 드시게 하고 싶었는데 정말 아쉽게 됐네요. 다음에 제가 한 번 더 쏘도록 하죠."

희진이 눈을 반짝이며 물었다.

"언제요?"

"……."

밥도 먹었고 할 이야기도 없다.

송엽은 당장 일어나 돌아가고 싶었다. 하지만 밥 먹는 죄가 있어 그럴 수는 없었다.

결국 송엽이 먼저 이야기를 꺼냈다.

"저희는 시청률이 올라 회식한다는 이야길 듣고 즐거운 마음으로 여기에 왔습니다. 하지만 와서 보니 이야기와는 상황이 많이 다르군요."

김계숙 작가가 대답했다.

"미안해요. 사실 대로 이야기하면 안 올 것 같아서……."

임영석 피디도 입을 열었다.

"김 작가, 미안하긴 뭐가 미안해? 피디가 출연자를 부르는데 당연히 와야지."

"그래도……."

틀린 말이다. 송염은 출연자이기 전에 민간인이다. 연예인이 아닌 것이다.

"다 서로 좋자고 하는 일이잖아. 안 그래? 그리고 김 작가는 쓸데없이 정이 많아서 출연자들에게 휘둘리는 경향이 있어. 고치라고."

"……."

임영석 피디는 술에 취했는지 말이 점점 더 거칠어졌다.

"단도직입적으로 말할게. 여기 이종석 상무님이 너희 중희진이를 마음에 들어 하셔."

마음에 들어 한다?

듣기에 따라서 정말로 기분 나쁜 말이다.

이종석이 끼어들었다.

"하하하하, 임 피디도. 말을 그렇게 하니 내가 이상한 놈이되잖습니까."

"이 아이들이 워낙 세상물정을 몰라서 직설적으로 말하다 보니 실수가 있었습니다."

하이에나 두 마리가 탭댄스를 추는 것 같았다.

서로 10년을 함께 파트너로 스포츠 댄스를 춘 댄서들도 이 두 사람보다 호흡이 잘 맞지는 않을 것이다.

"뭐, 이야기가 나왔으니 계속합니다. 우리 SN엔터테인먼트는 희진 씨에게 관심이 있습니다. 우리 회사로 오세요."

이준석의 목소리에는 자신감이 넘치고 있었다.

분명 SN엔터테인먼트는 그럴 만한 회사였다. 하지만 세상에는 그렇게 대단한 SN엔터테인먼트를 똥만도 못하게 여기는 사람도 있었다.

그런 사람의 대표 격인 송염이 나섰다.

"싫습……."

희진이 끼어들었다.

"잠시만, 오빠."

송염의 입을 막은 희진이 이준석을 바라보았다.

"얼마 줄 거예요?"

"네?"

"계약금 얼마 줄 거냐구요?"

이준석이 마음껏 웃었다. 처음부터 정해진 답이다. 아무리 자존심을 내세우고 자기 잘났다고 큰 소리쳐 봤자 SN엔터테인먼트 앞에서는 무릎을 꿇는 게 연예계의 속성이다.

"하하하하. 거 시원해서 좋습니다. 나도 시원하게 나가죠. 계약금 1억. 전속기간 7년. 희진 씨가 마음에 들어서 파격적인 조건을 건 겁니다."

희진은 이준석의 흰소리를 무시하고 송염에게 물었다.

"3억이라며?"

3억은 예를 들어 말한 것이다. 희진도 그 사실을 모를 리 없다. 지금 희진은 장난을 치고 있었다.

송염도 희진의 장난에 끼어들기로 했다.

"맞아, 3억. 계약기간은 3년이라고 했어."

이준석의 눈빛이 변했다. 자기가 알기로 문수파는 다른 기획사와 접촉한 적이 없다. 정보가 틀렸다.

이준석이 임영석 피디를 노려보았다.

뱀의 것과 비슷한 표독스러운 눈빛을 받은 임영석 피디가 찔끔했다.

"저도 몰랐습니다. 상무님."

"다음에 이야기합시다."

차갑게 임영석 피디를 쏘아붙인 이준석이 희진에게 수정된 제안을 내놓았다.

"계약금 4억, 전속 7년."

희진이 손뼉을 치며 좋아했다.

덩달아 이준석의 얼굴도 밝아졌다. 그러면 그렇지 하는 표정이다.

하지만 희진의 다음 말은 이준석이 기대하던 대답이 아니었다.

"와우! 아저씨 사기꾼이군요."

"……."

단숨에 이준석의 입을 봉인해 버린 희진이 그 이유를 말했다.

"4억에 7년이 가능하면서 1억에 7년을 제안한 거잖아요."

"그야… 거래라는 게… 서로 맞춰가는 거라서……."

"잘은 모르지만 기획사는 소속사라고도 불린다고 들었어요. 소속사는 말 그대로 사람이 소속되어 있다는 뜻이잖아요. 전 소속이란 뜻에서 좀 더 따뜻한 가족의 느낌이 나는 줄 알았어요. 하지만 최소한 SN엔터테인먼트는 그런 회사는 아니군요. 소속시킬 사람의 가치로 거래를 하니 말이에요. 그리고 또 한 가지. 옵션이 없는 전속기간 7년은 불법이라는 판결이 내려진 것도 모르셨어요?"

송염은 희진에게 힘찬 성원의 박수를 쳐주고 싶었다.

역시 희진의 말빨은 우주 최강이었다.

희진은 마지막으로 카운터펀치를 날렸다.

"정중히 SN엔터테인먼트의 제안을 거절하겠어요. 그리고 한 가지 더."

"……."

"당신 정말 재수없게 생겼어요."

"이익!"

김계숙이 고개를 돌리고 어깨를 들썩였다. 웃음을 억지로 참고 있는 것이다.

최소한 김계숙은 저 일당과 한패가 아니라는 생각이 들었다.

송염은 내심 안도했다.

'다행이야. 김 작가님이 내가 생각한 대로의 사람이라서.'

희진이 자리에서 일어나며 말했다.

"오빠들 가자. 열 냈더니 소화가 다 됐어. 어디 가서 얼큰한 김치찌개나……."

희진의 말이 채 끝나기도 전에 이준석이 의자를 박차고 일어났다.

"이런 미친년이 감히 어따 대고……."

이준석이 욕설을 내뱉으며 희진의 따귀를 갈겼다.

송염은 순간적으로 희진에게 스톤스킨 버프를 걸었다.

하지만 그럴 필요는 없었다.

이준석의 손목은 어느새 마동식의 손에 잡혀 있었다.

마동식 입을 열었다.

그의 목소리는 차갑게 가라앉아 있어서 듣는 것만으로도 오한이 들 지경이었다.

"내가 지금까지 죽인 사람의 숫자가 정확히 여덟 명이다. 모두 때! 려! 죽였지. 네가 아홉 번째 사람이 아니었으면 하는 바람이 있다."

"……."

다른 사람이 했으면 웃어넘길 공갈이라고 생각했겠지만 마동식은 백두산에서 평생 동안 무술을 배운 사람으로 알려져 있다. 게다가 북한 태생이다.

그래서 마동식의 말은 진심으로 정말처럼 들렸다.

마동식이 단어 하나하나, 음절 하나하나를 꾹꾹 눌러 말했다.

"자, 내 말, 알아들었으면 고개만! 끄덕여."

"……."

사색이 된 이준석이 열심히 고개를 끄덕였다.

미동식이 다시 다짐했다.

"좋아. 이제 우리와 넌 다시는 안 보는 거다.

"……."

이쯤 되니 자동이었다.

이준석의 고개는 자동차 대시보드의 고개 흔드는 장난감 인형처럼 마구 흔들렸다.

"잘 있어. 내 말 명심해."

그제야 송엽은 잡고 있던 이준석의 손을 놓아 주었다. 놀랍게도 이준석의 손목엔 붉은 자국조차 남지 않았다.

룸을 나서는 일행을 김계숙이 따라 나왔다.

패배한 수컷이 분에 못 이겨 울부짖었다.

"크아아아악!"

패배한 수컷은 더 약한 수컷을 괴롭히기 시작했다.

"네가 날 이렇게 개망신을 시켜? 어?"

"진정하세요, 상무님."

"진정? 정말 좆같아서……. 나이 먹었다고 대우해 주니까 이런 식으로 뒤통수를 쳐? 한 번 끝장을 볼까? 확 터뜨려줘?"

"제가 방법을 찾아보겠습니다. 제발 그것만은……."

"잘해! 한 번만 더 이런 개쪽을 주면 나도 더는 못 참아. 확 저질러 버릴 거야."

"알았습니다. 확실히 하겠습니다."

패배한 수컷은 그렇게 더 약한 수컷을 괴롭혀 상처받은 자존심을 치료했다.

김계숙이 송엽을 잡았다.

"미안해요."

송염은 싸늘하게 말했다.

"미안할 짓을 왜 했습니까?"

"임 피디님이 하도 부탁을 하셔서……. 하여튼 미안해요. 화 풀어요."

깍듯하게 잘못을 인정하자 송염도 더 이상 화를 내기가 머쓱해졌다.

사실 따지고 보면 김계숙도 피해자다. 아랫사람으로서 명령에 따랐을 뿐, 잘못한 일이 없다.

그리고 송염은 그녀에게 특별하게 고마운 감정을 가지고 있었다. 송염의 예상보다 빨리 홍대 놀이터를 벗어나 방송에 진출하게 된 계기를 만들어 준 이가 김계숙이다.

김계숙은 커피나 한잔하자며 일행을 근처 카페로 이끌었다.

희진이 물었다.

"언니가 사나요?"

"그래요."

희진의 눈동자가 환희로 빛났다. 김계숙은 아차 싶었는지 얼른 덧붙였다.

"일인당 네 개씩이에요. 저도 가난한 월급쟁이라고요."

"네~ 에."

희희낙락한 희진이 마동식을 데리고 조각케이크를 고르러

쇼케이스 쪽으로 향하자 김계숙이 송염에게 말했다.

"질리도록 많이 먹는다 싶다가도 지금까지 못 먹을 걸 보충한다는 생각이 들면 마음 한편이 저미듯 아파요."

"……."

"부탁할 게 있어요."

"말씀하세요."

"방송에는 계속 나올 거죠?"

"저희야 그러고 싶지만 임 피디님이 용납할까요?"

"시청률이 무려 23퍼센트 폭등했어요. 당당하게 스타퀸이 주말 버라이어티 프로그램 중 시청률 1위죠. 방송국은 인간성, 성격 따윈 고려 안 해요. 무조건 시청률이 최고죠. 그래서 시청률을 위해서라면 부모의 원수라도 웃으며 대하는 것이 프로고요. 그런 의미에서 저래보여도 임 피디님은 프로예요."

"프로로 보이진 않더군요."

"하~ 그렇게 생각하는 것도 당연해요. 하지만 임 피디님 생각만큼 나쁜 사람 아니에요. 이준석의 덫에 걸려 저 모양 저 꼴이 됐지만요."

"덫이라니요?"

김계숙이 아직도 쇼케이스에 달라붙어 조각 케이크를 고르고 있는 마 씨 오누이를 바라보며 말했다.

"이상해요."

"뭐가요?"

"송염 씨는 신뢰할 수 있는 사람이란 느낌을 상대에게 심어주는 능력이 있어요."

"……."

"평소라면 남의 이야기를 절대로 하지 않겠지만 송염 씨에게만은 털어놔도 되겠다는 생각이 들어요."

"그렇게 말씀해 주시니 감사합니다. 비밀은 보장한다고 약속드리지요."

이어진 김계숙의 이야기는 충격적이었다.

"2년 전, 이준석이 접대를 한다며 룸살롱으로 임 피디님을 불러냈어요. 룸에는 이준석과 SN엔터테인먼트 소속 걸그룹 멤버 두 명이 있었죠. 그리고 술자리가 파하자 이준석은 그중 한 명을 미리 예약해 놓은 호텔로 임영석 피디와 함께 보냈어요. 그 방에는 카메라가 장치되어 있었죠. 게다가 당시 걸그룹 멤버는 미성년자였다고 해요. 완벽한 덫에 걸린 거죠."

자업자득이다.

접대를 받았고 그 접대는 성접대였다.

덫에 걸린 놈이 병신이다.

송염과는 상관없는 일이다. 목적이 있으니 스타퀸에는 계속 출연하겠지만 그런 병신을 위해 무언가를 할 생각은 전혀 없었다.

오히려 김계숙에게 궁금한 점은 따로 있었다.

"이야기를 듣고 나니 한 가지 물어보고 싶은 것이 생겼습니다."

"뭐가요? 겁나는데요?"

김계숙이 살짝 오버하며 경직된 분위기를 풀어냈다. 확실히 타인과 대화하는 재주가 있는 여자다.

"그 사실을 어떻게 알아낸 겁니까? 임영석 피디가 자기 입으로 자신의 치부를 말할 리는 없었을 텐데요."

"눈치와 행동이죠. 어느 날부터인가 임 피디님이 변하더군요. 유했던 성격도 급해지고 화를 내는 경우도 잦아졌죠. 그래서 넌지시 몇 번 물어봤지만 말을 안 하더라고요. 피디가 그 모양이니 프로그램이 잘될 리가 없죠. 전 문제의 근원을 알아야겠다고 생각했어요. 그래야 해결책이 보이니까요."

"그래도 당사자들이 입을 다물면 알아내기 쉽지 않았을 건데… 어쨌든 그런 일들은 은밀하게 벌어지잖습니까?"

"맞아요. 하지만 저에겐 집요한 면이 있어요. 방송국 작가라는 직업도 도움이 됐고요. 그리고 이쪽 방송계가 생각보다 좁거든요. 한두 다리 건너면 서로 아는 사람이라 흘러 다니는 소문이 잘 들려오죠."

쉽게 말하지만 결코 쉬운 일이 아니다.

김계숙은 자신의 표현대로 호기심도 있었고 그 호기심을 만족시킬 집요함과 실행력도 갖추고 있었다. 게다가 덤으로 방송작가 특유의 상황 구성 능력도 있는 것 같았다.

'뭐 그렇다는 이야기지.'

송염하고는 상관없는 이야기다. 임영석 피디가 겪고 있는 고통의 순전히 자신이 자초한 문제다.

대화는 자연스럽게 여섯 번째 도전으로 넘어갔다.

김계숙이 질문했다.

"좋은 아이디어 있어요?"

매번 송염이 내놓은 아이디어가 반응이 좋아 김계숙은 언제나 이런 질문을 던지곤 했다.

"이제 몸으로 할 수 있는 도전은 다했다고 봐요. 당장 생각나는 것은 한 20층 빌딩에서 뛰어내리는 것밖에 없어요."

"대박인데요? 하지만 방송용으로 적합하지 않아요. 사실 지금까지 도전도 시청자들이 반쯤은 마술 정도로 치부해서 큰 문제가 되지 않았지 따지고 보면 아슬아슬한 것들이 많았어요."

"그래서 말인데 이건 어떨까요?"

"……."

송염은 희진이 먹고 있던 케이크 한 조각을 가리켰다.

김계숙이 이해할 수 없다는 표정을 지었다.

송염은 희진에게 양해를 구하고 케이크를 앞에 놓았다. 그리고 케이크에 스톤스킨 버프를 걸었다.

"자 먹어봐요."

"전 다이어트 중이라 아쉽게도 케이크는 사절이랍니다."

"한 입만 먹어봐요."

송염의 표정에서 이상한 점을 느꼈는지 김계숙이 포크를 들어 케이크를 작게 덜어내려 했다.

"……??!!"

포크가 케이크 표면에 닿아 멈춰 있었다.

"세상에… 이게 가능한가요? 이 케이크 혹시 모형 아니에요?"

김계숙이 포크로 케이크를 마구 찌르며 물었다. 물론 그녀도 답은 알고 있었다. 케이크는 희진이 먹던 것이니 모형은 절대 아니다.

포크 대신 손가락으로도 눌러 보고 들어 입에 넣어 깨물어 보기도 했다.

당연히 케이크는 아무 이상이 없었다.

결국 김계숙은 케이크 먹기를 포기했다.

"어떻게 한 거죠?"

속으로 시간을 세고 있던 송염은 버프 시간이 끝나자 말했다.

"다시 먹어봐요."

"장난치지 말아요. 안 되잖아요. 이유나 알려줘요."

"먹어 보래두요."

김계숙이 다시 포크로 케이크를 잘랐다.

"······??!!"

케이크가 부드럽게 잘렸다. 김계숙은 귀신에 홀린 듯한 표정으로 케이크를 입으로 가져갔다.

"맛있네요. 가만··· 맛이 중요한 게 아니잖아요. 어떻게 한 거죠?"

"말해줄 수 없다는 것 잘 알고 있잖아요."

"그렇지만··· 정말 보고도 믿을 수 없군요. 다음 방송은 이 것으로 가죠."

그렇게 도전 주제가 정해졌다.

김계숙이 덧붙였다.

"아무래도 앞으론 매회 끝에 다음 편의 예고를 내보내던 방식을 바꿔야 할 것 같아요. 이번처럼 좋은 아이디어가 항상 제시간에 나온다는 보장이 없잖아요. 언제라도 아이디어가 떠오르면 그때 촬영을 해서 내보내는 방식으로 할게요. 완성도를 높이자는 차원이니 이해해 주세요."

일리가 있는 말이었다.

송염은 김계숙의 말에 동의했다.

Chapter 19
움직임

여섯 번째 도전이 시작되고 MC강호돈이 특유의 톤 높은 걸걸한 목소리로 소리쳤다.

"지금부터 시청자 여러분은 눈으로 보면서도 믿을 수 없는 경험을 하게 되실 겁니다. 시청자 여러분은 기를 믿으십니까? 아마 대부분 안 믿으실 겁니다. 하지만 오늘! 여러분은 신비한 기가 실존함을 눈으로 목격하게 되실 겁니다. 채널 고정! 스스스스! 스~ 타퀸!"

마동식이 진지한 표정으로 탁구공에 기를 불어 넣었다.

그리고 그럴싸하게 말했다.

"영구히 기를 보존할 수는 없습니다. 그렇다면 신의 능력이겠지요."

"얼마나 지속이 가능한 겁니까?"

"대상에 따라 다르지만 이 정도라면 약 오륙 분 정도는 가능할 것 같습니다."

시청자들의 시선이 탁구공에 집중되었다.

밟아도 내려쳐도 판에 깔고 쿵쿵 뛰어도 흠집조차 나지 않는 탁구공.

"이제 시간이 다됐습니다. 저 호돈이가 한 번 눌러보겠습니다."

뽀각!

버프타임이 끝난 탁구공이 아주 쉽게 구겨졌다.

탁구공 다음에는 김계숙이 보고 경악했던 케이크가 등장했다.

강호돈은 케이크의 절반 정도를 패널들에게 먹게 했다.

그리고 다시 쇼타임.

케이크에 각종 테러가 가해졌다.

엎어 메치기도 하고 칼로 자르기도 하고 심지어 테니스장을 고르는 롤러가 등장해 케이크를 깔아뭉개기도 했다.

당연히 케이크는 멀쩡했다.

"보셨습니까? 시청자 여러분! 수천 년을 역사의 뒤편에 숨어 있다 등장한 잊혀진 문파 문수파의 유일한 전인 마동식 도사님이 보여준 인간의 능력을 초월한 능력입니다!"

현장에서 본 패널과 방청객들의 반응은 경악 그 차체였지만 의외로 시청자들의 반응은 호의적이지 못했다.

게시판들의 반응도 마찬가지였다.

─오늘 스타퀸 보셔나요?

─조작 아닌가요? 아무리 봐도 조작이던데…….

─자동차랑 부딪칠 때 조작이라고 느꼈습니다. 오늘은 심하더군요.

─일본이 독도를 자기 땅이라고 우기는 이유. rofhfl.zja

─언제는 믿고 봤습니까? 예능이 다 그런 거지.

─믿으면 골룸.

─전 희진 여신만 보고 갑니다.

─윗님 의견에 동의합니다. 희진 여신 포에버.

한편으로 진지한 대화가 오가는 게시판도 있었다.
이종격투기 카페가 그런 곳이었다.

─방송이 사실일까요?

─반반입니다. 하지만 무술을 하는 사람으로서 진짜라고

움직임 91

믿고 싶더군요.

―같은 마음입니다. 하지만 그냥 믿기에는 석연치 않은 구석이 있더군요.

―윗님 이유를 물어봐도 될까요?

―지금까지 문수파가 보여준 내용을 되짚어 보면 알 수 있습니다. 모든 도전이 일종의 차력의 진화판이잖습니까. 어떤 측면에서 보면 마술이라고 볼 수도 있구요. 모두 인정한다 하더라도 무술의 근본은 수련에도 있지만 대련에도 있습니다. 문수파가 진실로 무술로서의 자격을 가지려면 대련을 통해 실제로 그 존재가치를 증명해야 한다고 생각합니다.

―동의합니다. 문수파가 보여준 기술들은 격투에는 전혀 도움이 되지 않는 것들입니다.

―전 동의할 수 없습니다. 타격을 받지 않는데 어떻게 이기죠?

―그라운드 기술을 잊으셨군요. 타격에는 강해도 꺾기까지 강하란 법은 없습니다. 관절기가 그 대안입니다.

―의견 잘 들었습니다. 그럼 누구랑 대결하면 좋을까요?

―최태성 선수 말고 누가 있을까요?

―저도 최태성에게 한 표 던집니다. KUFC(Korea Ultimate Fighting Championship) 챔피언 최태성 선수 말고는 다른 사람은 없습니다. 설령 있다고 하더라도 공신력을 가지기 힘

들겠죠.

　─하지만 성사되긴 힘들겠죠?

　─모르죠. 요즘 스타퀸 시청률을 보면 불가능할 것 같지도 않습니다.

　6회차 방송이 나간 지 얼마 지나지 않은 시간, 김계숙으로부터 송염에게 전화가 왔다.

　간단한 인사와 공치사가 오가고 김계숙이 용건으로 들어갔다.

　"두 가지 용건이 있어서 전화했어요. 첫 번째는 다음 도전과제예요. 혹시 KUFC 한국챔피언 최태성이라고 아세요?"

　"네, 들어 봤습니다. 무패를 자랑하는 파이터라고 하더군요."

　때마침 인터넷으로 반응을 지켜보며 다음 아이디어를 궁리하고 있던 송염은 그녀의 말에 무엇을 생각하고 있는지 바로 알아차렸다.

　안 그래도 송염 스스로가 대결에 대한 부분을 궁리하고 있던 차에 나온 이야기였기에 그 타이밍이 절묘하게 맞아떨어지기도 했다.

　"맞아요. 그래서 말인데 일곱 번째 도전은 최태성와 마동식의 대결 어때요?"

"실제 대결을 말씀하시는 겁니까?"

"당연하죠. 룰은 급소 공격 이외에는 모두 허용되는 KUFC룰로 하고 장소는 올림픽 공원 체조경기장 특설무대예요."

"일단 동식이에게 물어보고 연락드리겠습니다. 두 번째는 뭡니까?"

"국정원에서 사람이 찾아왔어요."

"국정원이요? 그곳에서 왜?"

"방송이 조작인지 아닌지 관심있어 하더군요. 당연히 아니라고 했는데 방송 원본 테이프를 달라고 협조 요청을 해서 그렇게 했어요."

"무슨 일일까요?"

"문수파의 능력에 관심이 있는 것이겠죠. 사실 그 능력을 배울 수 있으면 엄청난 군대를 만들 수도 있으니까요. 그래도 국정원의 요청이라 우리가 임의로 끼워 넣은 스토리는 사실 대로 말해줬어요."

방송에서 한 거짓말은 두 가지다.

먼저 문수파의 존재와 마동식이 백두산에서 평생 수련했다는 말이 거짓말이다. 그리고 실제론 마동식이 리더가 아니고 지금까지는 배경에 불과한 송염이 실질적인 리더라는 사실도 감췄다.

송염은 웃음을 터뜨렸다.

"후후후후후."

방송으로 드러난 문수파의 능력은 과장된 측면이 크다.

사실 버프의 힘이 없다면 문수권 다른 무술보다 조금 더 강한 무술에 지나지 않는다. 초능력 같은 능력을 발휘하는 무협지 속의 무술이 아닌 것이다.

하지만 외부에 보여지는 화려한 그 무위나 놀라운 상황들은 국정원이 관심을 보일 만큼 대단한 것임에는 틀림없는 듯했다.

자신이 바라던 그런 외적 반응이 송염은 달갑게 느껴졌고, 저도 모르게 웃음이 나오는 상황이었다.

"왜 웃죠?"

"아닙니다. 다시 전화 드리겠습니다."

"제 생각인데 아마 송염 씨에게도 국정원에서 연락이 갈 거예요."

"알려주셔서 감사합니다."

"전화 기다릴게요."

송염의 말을 들은 마동식은 단숨에 승낙했다.

"이길 수 있어?"

질문을 받은 마동식은 인터넷을 통해 최태성의 경기를 찾아 본 다음 말했다.

"버프를 빼고 이야기하면 반반쯤 된다. 스승의 비기를 모두 익혔다면 이야기는 다르겠지만……."

"당연히 버프를 사용해야지."

"아냐. 그냥 싸워 보겠다. 하지만 정 질 것 같으면 내가 신호할 테니 그때 버프를 걸어주면 된다."

"그냥 압도적으로 이겨 버리자."

"솔직히 나도 내가 익힌 무술이 얼마나 강한지 궁금하다. 한국 최고의 강자와 겨뤄보면 답이 나오리라고 생각한다."

"그래도 그러면 사람들이 이전의 모습을 전부 사기라고 여기지 않을까? 지금까지 나왔던 스톤스킨의 능력치만 두고 보면 네가 최태성 정도와 푸닥거리를 하는 모습은 사람들로 하여금 의구심을 가지게 하기 충분해."

마동식이 대답했다.

"의구심을 가질 사이도 없을 거다. 문수권은 무당의 푸닥거리가 아니니까."

송엽은 마동식의 말을 믿기로 했다.

어쨌든 싸우는 사람은 마동식이기 때문이다.

"그런데 조금 전에 스승의 비기라고 말했는데 그게 뭐야?"

"난 스승의 가르침을 모두 배우지 못했다. 갓 기초단계를 뗐을 무렵 스승님이 돌아가셨으니까."

하긴 어린아이가 4년 무술을 배운 것만으로 강해진다는 것도 우습다.

한편으로 그럼에도 불구하고 KUFC 한국 챔피언과 반반승부를 자신하는 마동식과 문수파의 무술에 대한 경외심도 들었다.

결국 본신의 힘으로 싸워본 다음 마동식이 신호를 하면 버프를 주는 것으로 결론이 내려졌다.

스타퀸 문수파의 일곱 번째 도전 항목이 예고되기 시작했다.

KUFC 무패의 챔피언 최태성과 요즘 가장 핫한 이슈인 문수파의 마동식이 대결을 펼친다는 예고가 방송되자 엄청난 파장이 일었다.

선착순으로 배분된 방청권은 수십 번의 신청 홈페이지 다운을 만들어내는 위력을 발휘했다.

대결이 결정되자 마동식은 훈련에 들어갔다.

다행히 다음 주 일요일은 국가대표 축구팀의 평가전이 있어 스타퀸이 한 주 쉬는 관계로 시간에 약간의 여유가 있었다.

"오대산에 다녀오겠다. 연을 맺었으니 세 깡패를 마냥 내버려둘 수도 없다. 그들에게 기초를 전수하면서 나도 기본을 돌아봐야겠다."

"정말 저지를 거냐?"

빠르고 위험한 수련 방법을 사용할 것이냐는 질문이다.

확실히 그 방법은 효과가 있었다.

수십 번을 기절하고 깨어나기를 반복한 송염은 최근에는 마동식이 어깨만 움찔해도 의식을 잃을 정도로 수련에 숙련(?)된 상태였다.

"당연하다. 못 견디면 그것으로 연은 끝이다."

"알아서 해라. 절대 죽이지만 말아라."

송염은 세 깡패의 명복을 빌며 마동식을 떠나보냈다.

그래도 그냥 보낼 순 없어 마트에 들러 먹을 것들을 바리바리 사 마동식 편에 들려 보낸 송염이 집으로 돌아오자 그를 기다리고 있는 사람이 두 명 있었다.

평범한 회사원 복장을 한 남자들은 자신들이 국정원 소속이라고 소개했다.

중년 남자와 젊은 남자인 그들이 건네준 명함에는 이름과 전화번호만이 덩그러니 적혀 있었다.

주로 질문을 하는 사람은 젊은 남자였다.

그리고 중년 남자는 팔짱을 끼고 젊은 남자의 질문과 송염의 대답을 듣기만 했다.

"SBC방송국에서는 문수파의 실질적인 리더가 송염 씨 당신이라고 하더군요. 맞습니까?"

"그렇습니다. 그런데 국정원에서 저에게 무슨 일로……?"

"당신들이 보여준 능력 때문입니다. 길게 말할 필요도 없이 그 능력이 사실이라면 국익에 엄청난 도움이 될 수도 있을 테니까 말입니다."

송엽이 가장 싫어하는 말이 국익이다. 국익을 외치며 개인을 희생시키고 이득을 보는 자들은 스스로는 절대로 희생하지 않기 때문이다.

송엽은 웃음으로 부정했다.

"하하하하. 사실일 리 있겠습니까?"

젊은 요원이 날카로운 눈빛으로 송엽을 훑어보더니 말했다.

그의 표정에는 그럴 줄 알았지 하는 감정과 사실이 아니어서 아쉽다는 감정이 묘하게 교차하고 있었다.

"영상 판독 결과 조작은 없었다고 결론 내렸습니다. 그런데도 사실이 아니라는 이야깁니까?"

"상식적으로 생각해 보십시오. 케이크를 롤러로 밀었는데 멀쩡한 게 말이 됩니까? 사람을 세 토막 내서 다시 붙인다고 그것이 사실이라고 믿는 사람은 없습니다. 저희 기술도 똑같습니다. 일종의 마술일 뿐입니다."

젊은 요원은 포기하지 않았다.

"그럼 그 기술이라도 알려줄 수 있겠습니까?"

송염은 손사래를 쳤다. 그리고 최대한 억울하다는 표정을 지으며 말했다.

"정부가 서민 밥줄을 끊으시려는 겁니까? 개나 소나 다하면 무슨 비밀이고 무슨 비법입니까?"

"절대 발설하지 않겠습니다."

"미안하지만 못 믿겠습니다. 요원님이 직접 하지 않더라도 주변 친구나 친척을 시켜 할 수도 있겠지요. 설령 그렇지 않더라도 술김에 말해 비밀이 누설될 수도 있구요. 참고로 말해두지만 마동식과 마희진 남매도 이 '마술'의 비밀은 모릅니다."

마술이라고 강조한 송염의 말이 통했는지 요원들이 떠났다.

송염의 집을 나온 두 명의 국정원 요원 중 후배인 배윤석이 담배를 피워 문 고참 요원 김호석에게 다가왔다.

"김 요원님, 어떻게 보십니까?"

"수상하긴 한데… 딱 집어 말하긴 힘드네."

"그렇죠? 딱히 셋 다 직업도 없는 점도 그렇고 말입니다."

"그야, 요즘 88만 원 세대라고 해서 많이 취직이 힘드니까. 게다가 두 명은 탈북자 아닌가. 조금 더 지켜보자고."

"살짝, 장치를 할까요?"

"허, 이 사람 큰일 날 소리를 하네. 지금이 어느 세상인데 민간인에게 도청을 한단 말인가. 게다가 이번 방문은 매우 확인 차원이지, 특별한 임무가 있어서 한 것이 아니지. 아닌가."

"쩝, 죄송합니다. 워낙에 신기해서요. 어떻게 그럴 수 있는지 상상이 안 갑니다."

"송염인가 그 친구도 말했잖은가. 마술이라고. 사람을 토막 내는 마술도 있고 비행기를 사라지게 하는 마술도 있는데 그쯤이 대순가."

"하긴. 그렇습니다."

국정원의 정식 요원이 되는 신참들은 폭주하는 경향이 있다. 스파이 영화나 드라마가 그들의 상상력을 한껏 부풀려 놓은 덕이다.

그러니 자신이 스파이나 된 것처럼 도청이니 미행이니 하는 행동을 아주 쉽게 생각하는 경향이 있다.

'우리 땐 더했지.'

김호석은 정권이 바뀌면서 윗선에 물갈이가 많이 되기도 했고 이젠 커가는 자식들을 보면서 정상적인 생활을 원해 한직 근무를 자원하긴 했지만 사실 국외 파트에서 잔뼈가 굵은 오리지널 스파이다.

그는 안보의 최일선에서 중국과 대만, 태국, 베트남 등지에서 활약했다.

　'그때 비하면 세상 좋아진 거야.'

　김호식은 진심으로 그렇게 생각했다.

Chapter 20
이준석

버퍼
Buffer

피디는 출연진을 결정하고 편집으로 출연한 연기자를 죽이기도 살릴 수도 있는 무소불위의 권한을 휘두른다.

그래서 방송국 피디 특히 예능국 피디는 연예인과 기획사에게 신이다.

하지만 모든 일에는 예외가 있듯이 피디 위에 있는 연예인과 기획사도 존재한다.

삼사십 년씩 방송 생활을 한 베테랑들은 자연스럽게 방송국이나 정치계 제계의 거물들과 인맥을 쌓게 되고 그런 베테랑 연기자들은 피디들도 함부로 할 수 없다.

대한민국에는 내로라하는 3대 기획사가 있다.

SN엔터테인먼트, 대성기획, 솔라기획으로 대변되는 이 거대 기획사들은 한류의 영향으로 치솟은 소속 연예인의 인기를 바탕으로 피디의 말쯤은 무시할 수 있는 힘을 보유했다.

하지만 그렇다 해도 엄연히 갑은 피디다.

기획사들은 피디의 전행을 경계하지만 그렇다고 드러내놓고 척을 지려 하지도 않는다. 방송국과 기획사는 공생관계인 까닭이다.

그런데 SN엔터테인먼트는 다른 기획사들과 성향이 달랐다.

풍부한 자금과 막강한 캐스팅 능력, 그리고 탁월한 선곡능력을 바탕으로 빠르게 성장해 단시간에 대한민국 최대의 기획사로 거듭난 SN엔터테인먼트는 자신들이 가진 자산을 매우 효율적으로 사용할 줄 알았다.

SN엔터테인먼트가 보유한 자산은 당연히 연예인들 그중에서도 아이돌 그룹이다. 여기까지는 다른 기획사의 경우도 마찬가지다. 가진 자산을 효율적으로 관리하는 일은 기업의 기본이다.

문제는 SN엔터테인먼트다. 이 회사는 목적을 위해 수단을 가리지 않는다.

그들이 파놓은 함정에 빠져 허우적대는 피디가 한두 명이 아니다.

임영석 피디도 SN엔터테인먼트에 약점을 잡힌 피디 중 한 명이다.

"잘라! 잘라! 자르라고! 내 말 이해 못해? 귀 먹었어?"

이준석이 고래고래 소리를 질렀다.

눈에 핏발이 선 것이 꼭 미친 개 같았다.

임영석 피디는 하소연을 했다.

해줄 수 있는 일이 있고 해줄 수 없는 일이 있다.

신인을 패널로 섭외하는 일쯤은 얼마든지 해줄 수 있지만 한참 주가를 올리고 있는 문수파를 자르는 일은 불가능했다.

"말이 쉽지, 어떻게 자릅니까? 시청률 보증수표를 잘랐다 간 저 목 날아갑니다."

"날아가! 그 새끼들 자르고 날아가라고. 네 사정이지 내 사정이야?"

"아무리 그래도 예고까지 다 나갔습니다. 체육관 대관신청 도 끝났구요."

"좋아. 이번 주는 봐주겠어. 다음 주에 그 새끼들 또 나오 면 동영상 확 뿌려 버릴 거야. 알아서 해."

미성년자 아이돌과 동침한 동영상의 존재가 비수처럼 임 영석의 목을 찔러왔다.

결국 임영석 피디는 고개를 끄덕이고 말았다.

임영석 피디가 방을 나가자 이준석은 전화를 걸었다.

방금 전 보여줬던 막무가내의 모습과 달리 이준석은 상대방을 무척 두려워하고 있는 것처럼 보였다.

"누나, 나야."

이준석의 누나의 이름은 이성희, SN엔터테인먼트 대표다.

"걱정하지 마. 일단 방송에서 자르고 관심이 사그라지면 끌어들이면 돼."

이성희가 내린 명령은 희진과의 다년계약이었다.

이준석는 누나 이성희가 한 번 뱉은 말을 절대로 걸어 들이는 성격이 아니란 사실을 잘 안다.

이성희는 자신이 원하는 것은 무엇이든지 얻는다. 그리고 얻지 못하면 부숴버려 다른 사람도 가지지 못하게 한다.

잔소리를 들었는지 이준석이 소리쳤다.

"당연하지. 알았어. 내가 애야?"

전화를 끊은 이준석은 퉤 하고 침을 뱉었다.

"젠장."

큰소리는 쳤지만 내심 걸리는 면이 없지 않았다.

"그년은 문제가 없는데 그년 옆에 껌딱지처럼 붙어 있는 두 새끼가 문제란 말이지."

게다가 두 새끼는 싸움도 잘한다.

"그래 봤자지."

하지만 지금까지 그래왔듯이 '잘' 처리하면 된다.

돈과 폭력은 도깨비 방망이 같아서 안 되는 일도 이뤄지게 만들어 준다. 이준석은 그 점을 너무 잘 알고 있었다.

이준석이 이를 악물고 있을 때 임영석 피디는 고개를 숙이고 예능국장실의 문을 두드리고 있었다.

예능국장은 임영석 피디가 이 들어오자 자리에서 일어나 그를 맞아주었다.

"아~ 우리의 호프, SBC예능국의 구세주께서 무슨 일인가?"

예능국장의 말마따나 방송국 내에서 임영석 피디의 주가는 하늘을 찌르고 있는 중이었다.

이유는 간단했다.

과거 예능공화국이라 불리며 주말 예능을 석권하고 있던 SBC방송은 최근 극심한 침체에 빠져 있었다.

최근이라고 했지만 그 기간을 꽤 길어 장장 6년간 수없이 많은 포맷의 버라이어티 프로그램을 내보냈어도 단 5퍼센트의 시청률을 돌파하지 못했다.

야심차게 스타트를 끊은 스타퀸도 상황은 마찬가지였다.

전작들보다는 약간 나아 7~8퍼센트의 시청률을 기록하고는 있었지만 그 수치가 한계란 소리가 여기저기서 들려오고 있었다.

그런 상황에서 문수파를 전격 캐스팅해서 폭발적인 관심을 불러일으킨 이가 임영석 피디다.

문수파 덕분에 스타퀸은 시청률 고공행진을 벌여 최근 마의 30퍼센트를 돌파했다.

예능국장은 임영석 피디에게 자리를 권하고 직접 차까지 타 왔다.

"그래, 체육관 대관은 잘 마쳤다고?"

"그렇습니다. 표도 만석이 전부 나갔습니다."

"잘된 일이야. 잘된 일. 내가 요즘 자네 덕분에 발을 뻗고 자네."

그럴 만도 했다. SBC방송 예능 암흑기 6년 동안 교체된 예능국장만 무려 열두 명. 6개월마다 한 명씩 독이 든 성배를 마시고 운명을 달리했다.

예능국장은 한술 더 떠 문수파의 안부를 물었다.

"우리 보물덩어리들은 잘 있냐? 계약은 철저히 했겠지?"

"당연합니다. 이미 5승을 했으니 3개월 동안은 타 방송 출연금지입니다. 다음 주에 이기면 다시 타 방송 출연금지가 3개월이 추가되고 10승을 하면 일 년 간으로 늘어납니다."

"좋아, 좋아. 조금 심하다 싶지만 다 그런 거지 안 그런가?"

"맞습니다."

"더 잘한 일은 인터뷰도 안 하고 있다는 점이야. 자네가 시킨 건가?"

아니다.

인터뷰는 계약에 없었다.

사실 막을 명분도 없었다. 하지만 문수파는 자의로 인터뷰를 거절하고 있었다.

덕분에 사람들은 문수파에 대한, 정확히 말해 희진에 대한 정보에 목말라 했고 그럴수록 스타퀸을 방영하는 SBC방송에 채널을 고정했다.

"그렇습니다."

미래가 어떻게 되었든 우선 공치사는 다해 두고 보는 임영석 피디다.

"내 정신 좀 보게, 할 말이 있어 왔을 텐데⋯ 시간만 뺏고 있었군. 그래 용무가 뭔가?"

"다름이 아니라⋯⋯."

임영석이 뜸을 드릴수록 예능국장은 애가 달았다.

"왜 문수파에서 보너스라도 요구하던가? 주게, 줘. 광고 완판은 물론이고 요즘은 다음 주에 있을 국가대표 축구 평가전 대신 문수파를 보여 달라는 항의전화가 빗발칠 정도야."

"보너스 문제는 아닙니다."

"그럼 대체 뭔가?"

"……."

한참을 망설이던 임영석이 드디어 입을 열었다.

"방공단체에서 항의가 들어왔습니다."

"뭐라고? 일부러 스타퀸에서는 북한 이야기를 하지 않고 있잖나."

안 하는 것이 아니라 아껴 두는 것이다.

스타퀸에서 우승하고 하차하면 문수파는 다른 SBC예능프로그램을 돌면서 자신들의 이야기를 털어놓고 시청률을 끌어올려야 한다.

"북한에 대한 환상을 심어줄 우려가 있답니다."

"허, 참……."

"단체로 행동을 할 움직임을 보이고 있습니다."

부풀리긴 했지만 실제로 그런 항의가 들어왔다. 산에 숨어 무술을 수련했다는 이야기가 북한을 마치 신비한 나라처럼 보이게 만들 수 있다는 지적이다.

"그래서 말인데 다다음주 일곱 번째 도전을 마지막으로 하차시킬 생각입니다."

"……."

너무나 황당한 소리에 예능국장이 입을 다물었다.

예능국장은 차를 마셔 마음을 진정시킨 다음 말했다.

"약간의 소란은 시청률의 양념이다. 몰라? 오히려 방공단체에서 떠들어주면 이득이면 이득이지 손해는 아니야."

"그래도……."

"그래도는 뭐가 그래도야! 떠들게 놔둬."

"아닙니다. 프로그램에 출연할 출연자의 선정은 피디의 고유 권한입니다. 하차시키겠습니다."

예능국장이 벌떡 일어났다.

그리고 들고 있던 찻잔을 내동댕이쳤다.

"이… 익! 너 임영석! 보자 보자 하니까. 내가 핫바지로 보여? 프로그램 좀 잘나간다고 보이는 게 없어?"

"그게 아니라……."

"아니긴 뭐가 아니야? 그렇게만 해봐. 당장 너 스타퀸에서 빼낼 테니까. 출연자 섭외가 네 권한이면 인사권은 내 권한이야. 알았어?"

"……."

예능국장은 못 참겠는지 치명타를 날렸다.

"이제 와서 하는 이야긴데 지금 스타퀸 시청률 올라간 게 네가 잘나서 된 것 같아? 스타퀸이 이렇게 잘된 이유가 너 때문이 아니라 김계숙 작가 때문인 거 모르는 사람 방송국에 한 명도 없어."

"……."

예능국장이 마지막 쐐기를 박았다.

"네가 SN엔터테인먼트와 짝짝쿵이 맞아 다닌다는 것도 알아. 그래, 일하다 보면 술 한 잔 마실 수도 있어. 나도 이해해. 하지만 피디가 기획사 개가 되면 안 되지. 문수파 하차도 그쪽 청탁이겠지. 아니야?"

"……."

대답을 할 수 없었다.

나만 알고 있다고 생각했던 비밀은 이미 비밀이 아니었다. 임영석 피디에게 이제 남은 선택은 오직 하나, 다가오는 파멸을 마주 보면서 스스로 목을 매는 일뿐이었다.

Chapter 21
백두단

Buffer

　오대산 비로봉 정상에 작고 깡마른 청년이 서 있었다. 청년은 스마트폰을 들고 고개를 갸웃거리고 있었다.

　"GPS 읽는 법을 알려줬어야지."

　마동식이 들고 있는 스마트폰의 지도 아래 숫자가 소수점 셋째 자리까지 어지럽게 움직이고 있었다.

　그 숫자와 송염이 찍어준 좌표를 연결하면 세 깡패를 찾을 수 있었지만 문제는 조금만 계곡으로 들어가거나 우회하면 도무지 방향을 가늠할 수 없다는 점이었다.

　덕분에 마동식은 이미 오대산 비로봉 중턱에서 하룻밤 비박을 한 상태였다.

'나쁘진 않았어. 옛날 생각도 하고······.'

꽃제비 생활 5년간 마동식은 그 추운 함경도의 겨울을 누더기 옷 한 벌로 버텼었다. 물론 그런 마동식 옆에는 항상 희진이 있었다.

마동식에게 희진은 삶의 이유였고 희망이었다. 콩 한 조각이라도 생기면 희진을 찾았다.

하지만 뛰어난 무술 실력을 지니고도 도둑질, 강도질은 하지 않았다. 무슨 특별한 도덕적 사고가 있었던 것은 아니다. 그저 혹여라도 자신이 보안원들에게 잡혀 들어가면 남겨질 희진의 미래 때문에 참았을 뿐이다.

'참길 잘했어.'

정말 잘했다.

살아서 온 한국은 남매에게 천국이었다.

마동식은 한국 사람들의 불평을 이해할 수 없었다. 등 따뜻하고 배부른 것만으로도 얼마나 행복한 일인지 잊고 사는 한국 사람들이 불쌍하다는 생각을 한 적이 있을 정도다.

그만큼 마동식은 대한민국에 대해 진심으로 고마워하고 있었다.

그러니 이제 여름으로 접어드는 따뜻한 날씨에 하룻밤 비박은 마동식에겐 추억일 뿐, 그 어떤 고생도 되지 못했다.

잠시 추억에 잠진 마동식은 다시 움직이기 시작했다.

'방법은 하나뿐이다.'

마동식은 송엽이 찍어준 포인트와 비로봉 정상에 가상의 선을 그었다.

'돌지 않고 그냥 직선으로 가는 거야.'

개마고원과 백두산 인근의 산세에 비하면 오대산은 뒷동산 수준이다.

마동식은 지도의 선을 따라 일직선으로 달리기 시작했다.

벼랑이 나타나면 다람쥐처럼 벼랑을 올랐고 계곡이 나타나면 뛰어 넘었다.

그렇게 마동식은 만주 벌판의 시라소니처럼 오대산을 달리고 있었다.

김태호는 조덕구와 김민호의 숨소리가 가지런해지기를 기다린 후 살며시 일어나 밖으로 나왔다.

구름 한 점 없는 하늘에는 두둥실 보름달이 떠 있었고 그 달에 질세라 도시에서는 찾아보기 힘든 수많은 별들이 저마다 힘껏 빛을 내고 있었다.

게다가 신선한 공기는 덤.

산속의 밤은 상상하기 힘들만큼 신비로웠고 아름다웠다.

"좋다."

하지만 김태호에게는 이 모든 일들이 그저 꿈속의 한순간일 뿐 도무지 현실로 느껴지지 않았다.

시작은 좋았다.

운도 좋았다.

무작위로 찍어진 위치에 도착해 보니 이제는 주인이 떠나서 버려진 폐가가 일행을 맞이해 주었다.

험한 곳에서 잘 각오도 했고, 작지만 텐트도 준비했지만 아무리 좋은 텐트도 지붕이 있는 집만 할 수는 없다.

폐가를 치워 지낼 장소를 만들고 돌과 나무로 체력을 단련할 운동기구도 만들었다.

이런저런 신경 쓸 일이 없으니 속도 편했고 운동 후에 먹는 밥은 김치 하나만 놓고 먹어도 꿀맛이었다.

하지만.

다른 형제는 몰라도 유흥을 즐기고 온갖 문명의 이기의 혜택을 거부하지 않는 성격인 김태호는 불과 한 달 만에 한계에 도달했다.

"더는 못 있겠습니다."

김태호는 선언했다.

돌아온 반응은 그가 예상하지 못한 것이었다.

맏형 조덕구가 고개를 끄덕이며 말했다.

"그래? 어쩔 수 없지."

그러고는 수박만 한 돌덩어리를 들고 산에 간다고 나가 버렸다.

잡지도 않고 가버린 조덕구도 서운했지만 무엇보다도 가슴이 아프게 한 것은 동생 김민호의 반응이었다.

"······."

동생은 모래주머니를 팔과 다리에 차더니 한마디 말했다.

"난 장풍을 배울 거야."

"······."

김태호는 산을 내려왔다. 오랜만에 보는 불빛이 아름다웠다. 그동안 못 먹었던 짜장면도 곱빼기로 먹고 빼갈도 한잔했다.

그리고 얼큰히 취해 한 모텔에 누워 잠을 청했다.

이제 날이 밝으면 서울로 올라갈 것이다.

꿈에서 벗어나 현실로 돌아간다는 생각을 하니 잠이 오지 않았다.

술이 모자랐다.

김태호는 소주 몇 병 사와 마셨다.

술을 마실수록 정신은 더 말똥말똥해졌다.

억지로 자리에 누워 잠을 청했다.

조덕구와 김민호와 함께했던 시간들이 주마등처럼 흘러

갔다.

김태호와 김민호는 탈선하는 아이들이 대부분 그렇듯이 고아로 자랐다. 사실 고아는 아니었다.

형제의 아버지는 술만 먹으면 개로 변했고 어머니를 구타했다.

어머니는 어느 날 형제를 버리고 집을 나갔고 어머니가 받던 구타는 그대로 형제에게 이어졌다.

지옥은 김태호가 고등학교 2학년, 김민호가 중학교 3학년일 때 끝났다. 아버지가 어느 날 피를 한 사발 토하더니 다시는 눈을 뜨지 않았다.

그 후로 형제는 할머니 밑에서 자랐다.

할머니는 버릇처럼 말씀하셨다.

"너희 형제를 버린 년은 엄마가 아녀. 알아? 엄마가 아니라고."

자신의 못남을 약한 여자와 자식에게 풀던 못난 아들을 끝까지 사랑했던 할머니다운 말씀이었다.

뻔한 이야기는 뻔하게 흘러갔다.

김태호는 학교를 중퇴하고 사회에 뛰어들었고 이런저런 사건을 겪은 후 감옥에 들어갔다. 그때 만난 사람이 조덕구다.

조덕구는 특이한 사람이었다.

아는 것도 많았고 사람이 점잖아서 도무지 건달 같지 않아보였다. 어쨌든 두 사람은 인연을 맺었고 출소한 뒤 합류한 김민호와 함께 홍대를 떠돌았다.

출소 일주일 후 세 사람은 송엽 일행의 공연을 보았다.

그날 이후 조덕구와 김민호는 하루 종일 송엽 일행 이야기만 했다.

두 사람은 송엽 일행의 퍼포먼스에 완전히 매료된 상태였다.

그리고 세 사람은 오대산으로 왔다.

솔직히 김태호는 송엽의 퍼포먼스를 믿지 않았다.

아니, 믿을 수 없었다.

무언가에 홀린 듯 기연을 찾던 조덕구와 김민호와 달리 김태호는 지나치게 현실적인 남자였다.

'장풍이 말이 되냐고.'

그래도 조덕구, 김민호와 헤어질 수 없어 오대산으로 왔다.

'이제 끝이야.'

잠이 오지 않았던 김태호는 텔레비전을 틀었다.

가난한 여자가 헐벗고 아저씨들에게 안기는 영화가 나오는 채널을 몇 개 지나니 스타퀸 재방송을 하고 있었다.

"뭐야?"

누워 있던 김태호는 벌떡 일어났다.

아는 얼굴이 있었다.

송염과 자신의 갈비뼈에 금을 낸 청년. 그리고 예쁜 여자가 스타퀸에 나오고 있었다.

김태호는 무엇인가에 홀린 듯 텔레비전에 코를 박고 집중했다. 그러고는 이젠 정식으로 문수파라고 이름 붙인 송염 일행의 시범을 보았다.

"세상에……."

송염이 보여준 퍼포먼스는 사실이었다. 김민호의 말도 사실이었다.

김태호는 모텔을 빠져나와 PC방으로 달렸다. PC방에 도착한 김태호는 문수파가 나온 스타퀸을 모두 다운받아 스마트폰에 넣었다.

'보여줘야 해.'

내친김에 술도 몇 병 산 김태호는 다시 산을 오르기 시작했다.

'보여줘야 해.'

물론 핑계였다. 김태호는 돌아갈 핑계가 필요했고 그것을 찾아낸 것뿐이었다.

그래도 다행스러운 일은 찾아낸 핑계가 엄청난 희소식이란 점이었다.

김태호는 크게 심호흡을 했다.

맑고 차가운 공기가 허파를 채우자 정신이 번쩍 들었다.

김태호는 팔굽혀펴기로 도둑 운동을 시작했다. 조덕구와 김민호보다 월등히 나태했던 생활의 흔적은 몸 전체에 남은 지방덩어리로 나타났다.

정상적인 훈련으로는 조덕구와 김태호의 체력을 따라갈 수 없었던 김태호가 선택한 방법이 바로 모두가 잠자리에 들고난 뒤 살짝 한 시간씩 더하는 도둑 운동이었다.

"그런데… 올까?"

방송 속의 문수파는 완벽한 스타였다.

"안 오면 어떻게 하지?"

사실 걱정이다. 온다고는 했지만 언제든지 뒤집어질 수 있는 것이 약속 아니던가.

그때 누군가 말했다.

"왔다."

"……."

천천히 몸을 돌려보니 달빛에 비친 검은 그림자가 보였다.

"도사님."

김태호는 자신도 모르게 방송 속의 마동식의 호칭을 불렀다.

마동식이 하얀 이를 드러내며 물었다.

"봤냐?"

대답은 하나다.

"봤습니다."

마동식이 말했다.

"너희 그동안 농땡이 피웠구나? 방송이나 보고……."

"……."

그 일이 그렇게도 해석될 수 있다는 사실이 놀랍기까지 했다.

"집합시켜."

"네?"

"집합시키라고! 안 들려?"

"네? 넵!"

김태호는 폐가로 뛰어 들어갔다. 비닐로 막은 문을 연 김태호는 크게 소리쳤다.

"도사님이 왔어요."

물론 다시 도사님 운운한 것은 김태호의 엄청난 실수였다.

갓 입대한 신병처럼 각을 잡고 서 있는 세 사람에게 마동식이 말했다.

"지금가지 우리 사문은 이름이 없었다. 무술의 이름도 없

고 초식의 명칭도 없었다. 하지만 지금은 아니다. 우리 문파의 이름을 아는가?'

세 사람이 입을 맞춰 대답했다.

"문수파입니다."

"그렇다. 문수파다. 너희가 수련해야 할 무술의 이름은 문수권이라 명명했다."

김태호가 얼른 나섰다.

그는 조금 전 실수를 만회해야겠다는 사명감에 불타고 있었다.

"그럼 마 도사님은 개파사조가 되시는군요."

"……."

마동식이 김태호를 바라보았다. 김태호는 마동식의 눈에서 분노를 보았다.

"잘못했습니다. 다시는 도사님이라고 부르지 않겠습니다."

눈치를 보던 조덕구가 나섰다.

"개파사조라 함은 문파를 개창 즉, 연 분을 말합니다. 그리고 도사는 신선이 되기 위해 도를 수련하는 사람을 뜻하니 잘못된 호칭입니다."

"……."

"……."

마동식이 천천히 고개를 끄덕였고 김태호는 사색이 되었다.

'좆 됐다.'

김태호는 자신의 무심함을 한탄했다.

마동식은 북한에서 왔다.

무협지에서나 등장하는 개파사조니 도사란 명칭의 의미를 알 리 없다.

실제로 마동식은 사람들이 왜 자신을 도사라고 부르는지 이해하지 못하고 있었다. 그저 부르니 따를 뿐이었고 창피해서 누구에게 물어보지도 못하고 있었다.

"첫째의 말대로다. 이제부턴 날 도사라 부르지 말아라. 그래도 이름은 필요하니 좋은 이름 있으면 말해봐라."

이번에 나선 사람도 조덕구였다.

"딱히 신경 쓰지 않으셔도 될 것 같습니다. 저희야 사부님을 사부님이라 부르면 그만이고 사부님도 저희를 첫째, 둘째, 셋째라고 부르시면 됩니다. 저희끼리 호칭이야 더 문제될 것 없습니다. 그리고 타인이 어떻게 부르던 저희 본질은 변하지 않으니 상관할 필요 없습니다."

확실히 합리적인 제안이다.

조덕구의 제안은 마동식에 의해 받아들여졌다.

"이제 너희 자신을 부르는 호칭도 있어야 할 것이다. 이 또

한 의견을 받겠다."

김태호의 마음은 다급했다.

사부의 관심은 이제 완연히 조덕구에 쏠려 있었다. 이대로 밀리면 조금 전 찍힌 것까지 포함해 완전히 문제아로 낙인찍힐지도 모른다는 생각이 들었다.

"제게 좋은 생각이 있습니다."

"말해 봐라."

"사부님의 성이 마 씨로 알고 있습니다. 사부님의 이름을 드높이겠다는 의미로 승(勝)마(馬)단이 어떻습니까?"

조덕구와 그동안 불구경하듯 가만히 있던 김민호의 인상이 확 구겨졌다.

"승마단은 말을 타는 단체란 뜻과 발음이 같습니다. 제 생각에는 사부님이 백두산에서 수련하셨으니 그 정신을 따라 백두단이 좋겠습니다."

김태호의 얼굴이 구겨졌고 마동식과 김민호가 고개를 끄덕였다.

그렇게 세 사람의 명칭은 백두단으로 정해졌다.

하지만 훗날 이 이야기를 전해 들은 송염은 이들을 승마단과 세 명이란 숫자에서 따온 마삼트리오로 부르는 만행을 저질렀다.

호칭 문제가 정해지자 마동식은 제자들의 체력 상태를 점검했다.

당연히 가장 우수한 사람은 단연 김민호였고 두 번째는 조덕구였으며 김태호가 마지막이었다.

하지만 제일 떨어지는 둘째 김태호도 나름 열심히 단련을 한 덕분인지 꽤 괜찮은 체력을 보유하고 있었다.

체력을 확인한 마동식이 물었다.

"빠르고 위험한 수련 방법이 있고 느리지만 안전한 수련 방법이 있다. 골라라."

조덕구가 선택했다.

"당연히 빠르고 위험한 방법입니다."

김민호가 물었다.

"스승님은 어떤 방법으로 수련하셨습니까?"

"당연히 빠르고 위험한 방법이다."

"저도 스승님의 방법을 따르겠습니다."

김태호는 묻지 않았다.

"느리지만 안전한 방법… 악!"

마동식이 주먹을 김태호의 관자놀이에 명중시켰다.

김태호가 기절하자 마동식이 웃으며 말했다.

"이미 길은 정해졌다. 너희에게 선택권은 없다."

조덕구가 맏형답게 용감하게 물었다.

"그런데 왜 물어보십니까?"

대답은 간단했다.

"한 번 해보고 싶었다."

퍽!

그 말과 동시에 조덕구 역시 기절해 김태호 옆에 나란히 쓰러졌다.

김민호는 반응이 달랐다.

김민호는 한 발자국 앞으로 나와 때리기 좋게 관자놀이를 내밀었다.

그리고 말했다.

"강해지고 싶습니다."

마동식이 대꾸했다.

"강해질 것이다."

퍽!

김민호도 그렇게 기절했다.

마동식이 제자들을 가르치고 자신을 되돌아보느라 바쁠 때 송염도 벽 하나를 뛰어넘으려 안간힘을 다하고 있었다.

"정말 괜찮을까?"

희진이 물었다. 그녀의 손에는 다듬이 방망이가 단단히 들려 있었다.

송염은 이를 악물고 대답했다.

"괜찮아. 때려."

"안 괜찮은 것 같은데?"

사실 안 괜찮았다. 마동식은 느낄 사이도 없이 송염을 기절시켜 공포 자체를 느낄 수 없었다.

하지만 희진의 경우는 달랐다. 벌써 두 번의 시도가 수포로 돌아갔고 송염에게 남은 것은 달걀만 한 크기의 혹 두 개였다.

"단숨에 때려."

"꼭 이렇게까지 해야 해? 지금도 충분하잖아."

"안 충분해. 제발 때려."

"알았어. 난 몰라."

희진이 이를 악물고 다듬이 방망이를 들어 올렸다.

"간다."

송염은 이를 악물고 눈을 감았다.

딱!

경쾌한 소리와 함께 드디어 송염은 기절할 수 있었다.

한 번이 어렵지, 두 번은 쉬운 법이고, 세 번은 누워 떡을 먹으면서도 할 수 있도록 숙달된다.

"일어났네? 잠깐만!"

딱!

"강호돈이 새 야외 예능을 시작한다고 하네."

딱!

"배고파 오빠. 이번만 하고 밥 먹자."

딱!

기절하고 깨어나면 또 기절하는 상황이 반복되자 드디어 신호가 왔다.

송염은 욕실로 뛰어 들어가 몸이 뜨거워지고 차가워지는 과정을 거쳤다.

정신을 차린 후 송염은 드디어 자신이 수련자가 아닌 정식 Lv1버퍼가 되었음을 자각했다.

그리고 몇 가지 봉인되어 있던 버프가 풀렸음도.

Chapter 22
최태성

문수파의 일곱 번째 도전인 KUFC 챔피언 최태성과의 일전
이 벌어지는 날이 밝았다.

경기는 녹화 시간에 맞춰 밤 7시부터 시작될 예정이었지만
아침부터 대결 장소인 체조경기장 앞은 성질 급한 관객들로
만 원을 이루고 있었다.

"표 있어요."

"얼마예요?"

"10만 원."

"네? 에이, 원래 공짜폰데 너무 비싸게 받으시네요."

"싫으면 관둬요. 옥션에서 현 시세 좀 알아보고 오세요. 10만 원이면 엄청 싼 건데……."

암표상의 말대로 최태성과 마동식의 대결표 가격은 링에 가장 가까운 자리 가격이 30만 원을 돌파한 지 오래였고 경기 시간이 다가올수록 그 가격은 치솟고 있었다.

암표 가격이 높은 이유는 마동석에게도 있었지만 최태성도 일정 부분 한몫을 했다.

최태성은 한국 챔피언자격으로 곧 UFC에 진출할 예정이어서 이번 경기가 전초전의 성격을 띠고 있었기 때문이다.

*   *   *

송염은 최태성에게서 전신이 생고무같다는 인상을 받았다.

최태성은 특이하게 레슬링 헤비급 선수 출신의 이력의 소유자였다.

그는 레슬링이 올림픽에서 퇴출되자 미련없이 격투기계에 뛰어들어 특유의 탄력과 그라운드 기술을 앞세워 승승장구했다.

그리고 보면 마동식은 그라운드 기술을 보여준 적이 없다.

궁금해진 송염이 물었을 때 마동식은 이렇게 대답했다.

"곰하고 뒹굴면 자연스럽게 익혀진다."

"……."

"농담이다. 하지만 산짐승들을 손으로 잡은 것만은 사실이다. 그리고 내 스승은 곰도 우격다짐으로 잡았다."

요는 문수권을 계속 익혀 경지에 이르면 곰도 잡을 수 있다는 말이다.

드디어 경기가 시작되었다.

송염과 희진은 카메라의 존재도 잊은 채 응원에 몰두했다.

경기는 주로 최태성의 공격으로 이뤄졌다.

최태성은 마동식보다 머리 한 개 반은 큰 몸짓을 가졌다. 그럼에도 그는 통통 튀는 고무공 같은 탄력으로 마동식을 공격했다. 반면 마동식은 마치 장어와 같은 유연한 몸놀림으로 공격을 피했다.

3분 10회전으로 시작된 경기의 1라운드는 결국 탐색전으로 끝났다.

"어때?"

"강해. 게다가 저 사람의 기술은 처음 경험해 봐서 힘들어."

"연습 안 했어?"

"왜 안 해? 셋째 제자가 격투기를 오래 했잖아. 그 아이 하고 실전 연습을 꽤 많이 했지."

같은 시각, 김민호가 온몸에 파스를 붙인 채 끙끙 앓고 있는 사실을 송염은 알지 못했다.

어쨌거나 송염은 추가로 마동식에게 물었다.

"레슬링은?"

"레슬링? 그게 뭔데?"

"……"

아차 싶었다. 사실 마동식은 경기 당일 아침에 서울로 돌아왔다. 미리 확인을 안 한 자신의 잘못이다. 하나 못해 레슬링 경기 비디오라도 구해 보여줘야 했었다.

"내 잘못이다. 미리 정보를 알려줬어야 했는데."

"아냐. 오히려 잘됐어. 생각해 보니 저 선수도 문수권에 대해 전혀 몰라. 나도 모르는 것이 공평해."

"버프 신호 잊지 말아라. 네 능력을 테스트하는 것도 중요하지만 이 경기에 우리의 미래가 달려 있다."

"알았다."

다시 공이 울리고 2라운드가 시작되었다.

경기는 탐색적이 끝나자 조금 더 불을 뿜기 시작했다.

후퇴하며 회피만 하던 마동식은 적극적으로 공격에 나섰다.

실체를 드러낸 문수권은 기본적으로 태권도와 비슷했다.

다만 실전성은 월등해 킥복싱처럼 발꿈치와 머리, 무릎까지 모두 사용했다.

경기가 진행될수록 왜 마동식이 초식이 없다고 했는지 이해할 수 있었다.

문수권의 동작은 디딤 축의 반대 방향으로 힘을 분출하는 타 무술과 달리 거의 모든 타격동작이 축과 같은 방향 즉 밀 듯이 이뤄졌다.

이는 작용과 반작용이라는 힘의 원리를 근본적으로 부정하는 동작이었다.

'기 때문이겠지.'

기를 사용하니 타격의 위력을 높일 수 있다.

그러니 디딤축을 만들 필요가 없다.

이는 시간이라는 매우 중요한 이점으로 돌아왔다.

기존 무술은 타격을 위해서는 축에서 주먹이나 발까지 이어지는 힘의 이동이 필요하다. 즉 시간인 것이다.

그래서 문수권은 똑같은 정권이라도 준비 동작이 없어 상대가 예측할 수 없었다.

최태성은 노련했다.

그는 특이한 공격에 잠시 당황하는 듯싶더니 곧장 타격기가 아닌 그라운드 기술로 전환했다.

'이제 시작이야.'

최태성은 장기는 타격기가 아닌 그라운드 기술이다.

최태성이 자세를 잔뜩 낮추고 태클을 시도했다.

"헛!"

그 모습이 너무나 위태로워 하마터면 버프를 사용할 뻔했다.

순간 함성이 터졌다.

"우와~"

"봤어? 봤어?"

태클이 들어오자 마동식이 살짝 점프를 했다. 말이 살짝이지, 그 높이는 거의 성인 여성의 어깨 높이 이상이었다.

놀라운 장면은 점프 후에 벌어졌다.

마동식은 도약한 자세를 풀며 최태성의 어깨를 딛고 뒤로 공중재비를 하고 섰다.

"무협영화를 보는 것 같아."

"사람이 저런 동작을 할 수도 있구나."

영화의 꾸며진 혹은 연출된 장면을 실제 경기에서 볼 수 있는 가능성은 한없이 제로에 수렴한다. 하지만 그런 장면이 지금 눈앞에서 벌어지고 있었다.

최태성도 만만하지 않았다.

그는 태클을 멈추고 그대로 몸을 돌려 마동식을 육박해 갔다.

이번 공격은 마동식도 피할 생각이 없는 것 같았다.

마동식은 몸을 움츠린 채 달려들어 오는 최태성의 관자놀이로 주먹을 날렸다.

'저거 나 기절시켰던 방법이잖아.'

송염은 그 공격으로 마동식이 경기를 길게 끌 생각이 없음을 깨달았다.

사각에서 날아온 마동식의 공격은 적중했다.

최소한 송염의 눈에는 그렇게 보였다.

하지만 관자놀이를 맞고 잠시 주춤하던 최태성의 몸이 다시 움직였다. 레슬링으로 다져진 최대성의 내구성은 일반인의 상상을 불허하는 것이었다.

최태성이 관자놀이 가격을 견딜 수 있었던 원인은 다름 아닌 마동식에게서 시작되었다.

최태성은 조금 전 마동식의 묘기에 가까운 몸놀림에 잔뜩 화가 난 상태였다. 그는 자신을 밟고 넘어간 마동식의 행동을 모욕으로 받아들였다.

냉정해야 하는 경기에서 흥분은 금물이다.

하지만 이번경우는 달랐다.

흥분한 최태성이 달려들 때 그는 순간적으로 중심을 잃었다. 평소라면 곧 패배로 이어질 실수였지만 이번에는 행운으로 작용했다.

마동식의 주먹이 살짝이나마 빗겨 맞은 것이다.

마지막 변수는 경기 룰에 있었다. KUFC 경기는 오픈 핑거 글러브를 사용한다. 마동식이 날린 펀치는 빗맞았고 글러브 때문에 위력도 반감되었다.

그 덕에 최태성은 살아남을 수 있었다.

쿵!

최태성의 태클이 성공했고 당연히 기절했으리라 여겼던 적의 공격으로 당황한 마동식은 그대로 뒤로 넘어졌다.

그러자 최태성의 장기인 그라운드 기술이 진가를 발휘했다. 최태성은 순간적으로 몸의 위치를 바꾸며 마동식에게 팔로 등 뒤에서 목을 조르는 리어네이키드 쵸크를 걸었다.

누구나 경기가 끝났다고 생각했다.

항복하지 않으면 바로 기절하는 기술이 리어네이키드 쵸크다.

마동식이 오른손 중지와 검지를 겹쳤다.

송염이 기다리던 버프를 걸라는 신호다.

'스톤스킨.'

그러자 링 위에서 놀라운 일이 벌어졌다. 일반적으로 경동맥에 리어네이키드 쵸크를 먹이면 뇌로 가는 혈류가 막혀 단

몇 초 만에 인간은 기절한다.

그런데도 놀랍게도 마동식은 30초가 흘렀음에도 끄덕도 하지 않았다. 모두 스톤스킨 버프의 위력이다.

이제 2라운드 남은 시간은 불과 10초.

모두가 3라운드로 넘어가리라고 예상하던 순간 마동식이 움직였다.

마동식은 목을 감고 있는 최태성의 손목을 잡고 있던 오른 손을 풀어 크게 원을 그리며 뒤로 휘저었다.

그리고 그 손가락으로 최태성의 오른쪽 관자놀이를 뺨을 때리듯 가격했다. 반동도 없고 준비 동작도 없어 보통이라면 힘없는 허우적거림에 불과했을 행동이 문수파 특유의 기와 만나자 놀라운 위력을 발휘했다.

팡!

타격 순간 최태성의 뇌가 좌우로 격렬하게 흔들렸다.

뇌가 기능을 정지하고 세반고리관이 순간적으로 평행을 놓쳤다.

최태서의 눈이 흰자위를 드러내며 뒤집어졌다.

쿵!

마동식의 목을 감고 있던 팔이 풀리며 최태성이 뒤로 넘어 갔다.

그것으로 경기는 끝이었다.

　　　　　*　　　　　*　　　　　*

경기가 끝나고 희진이 마동식을 위로했다.

"오빠, 더 수련하면 돼. 버프를 사용했다고 너무 실망하지 마."

다른 사람은 모르지만 세 사람은 이 경기의 승자가 최태성임을 잘 알고 있다.

송염도 말했다.

"다음에 잘되면 사죄하자. 찝찝하지만 어쩔 수 없다."

마동식은 의외의 반응을 보였다.

"아냐, 내가 이겼다. 난 이제 내 실력에 확신을 가질 수 있다."

"……."

"……."

송염은 혹시 자신이 버프를 너무 늦게 걸어 마동식의 뇌가 살짝 이상해진 것이 아닌가 하는 걱정이 들었다.

"너 괜찮아?"

"괜찮다."

마동식은 미소를 지었다. 그리고 왜 자신이 승리했다고 생각하는지 설명해 주었다.

"마지막 태클이 들어올 때 난 최태식의 약점을 두 개 발견했다. 공격을 할 수 있었지만 만일 공격했다면 그는 최소한 병신이 되거나 죽었을 것이다. 그래서 공격을 하지 않았다."

다른 사람이 이런 이야기를 했다면 자존심 때문에 거짓말을 했다고 믿었겠지만 마동식은 그런 사람이 아니다.

그래서 송염도 마동식의 말을 믿을 수밖에 없었다.

일요일에 방송된 문수파의 여덟 번째 도전은 스타퀸 자체 시청률을 갱신했다.

하지만 그 시청률은 추세의 반영일 뿐, 인터넷 커뮤니티에서 큰 반향은 없었다.

우선 화려한 격투가 아니었던 이유가 컸고 격투기에 대해 잘 모르는 네티즌들 또한 그저 마동식이 실전에서도 강하다는 사실만 인지했을 뿐이다.

그렇지만 이종격투기 카페의 반응은 달랐다.

그들은 격렬하게 토론하며 믿기지 않은 상황을 분석하기 바빴다.

—경기 어떻게 보셨습니까? 리어네이키드 쵸크를 먹고 30초를 버티는 것이 가능한가요?

—보통이라면 불가능하죠. 하지만 마동식이 그간 보여준

능력이라면 가능할 수도 있겠죠. 몸을 단단하게 만들면 되니까요.

―그럼 지금까지 마동식이 보여준 능력이 모두 사실이란 이야기군요.

―최태식을 밟고 회전하는 동작은 또 어떻고요. 실전에서 그런 동작을 볼 줄을 정말 몰랐습니다.

―그건 아무것도 아니죠. 마지막 타격은 보고도 믿기지 않더군요. 그저 툭 가져다 댔는데 그런 위력이라니.

―기가 실존한다는 증거죠.

―방송국에서 최태성을 매수했을 가능성은 없나요?

―최태성 선수 이번 경기를 마치고 UFC에 진출합니다. 멍청이가 아니라면 그런 거래를 할 리 없죠.

―당연하죠. 이기는 거래면 몰라도 왜 지는 거래를 합니까? 무슨 도움이 된다구요.

―한 가지 묻습니다. 여러분은 혹시 문수파가 도장을 열면 가입하시겠습니까?

―당연하죠.

―무조건 갑니다.

―하지만 지금까지 알려진 바에 의하면 문수파는 거의 일자 전승과 마찬가지로 극히 소수에게만 비밀스럽게 내려온 것 같던데……. 과연 도장을 열까요?

―마동식이 북한에 있었으니까요. 우리나라는 상황이 다
르죠.
―도장을 안 열 거면 방송에 나와 저런 쇼를 할 필요도 없
겠죠. 백퍼센트 연다고 확신합니다.

방송 반응을 확인하던 송염이 고무된 것도 당연하다.
송염은 당장 대학가로 달려가 도장을 할 만한 건물을 물색
하기 시작했다.

며칠 뒤, 드디어 문수파의 여덟 번째 스타퀸 도전이 발표되
었다.
반응은 한마디로 폭발적이었다.

―드디어 여러분이 기다리시던 바로 그 순간이 왔습니다.
백두산의 선녀, 마희진! 그녀가 오빠를 대신해 자신의 능력을
드러냅니다.

예고편의 희진은 지금까지 걸치고 있던 치렁치렁한 선녀
복장을 벗어버리고 온몸에 딱 끼는 타이즈를 입고 있었다.
그것만으로 게임은 끝났다.
언론사들은 예고편 캡쳐 사진으로 희진의 몸매에 대한 기

사를 쏟아냈고 그 숫자는 무려 500개가 넘었다.

　당연히 포털 사이트 검색어는 희진 노출이 점령했다.

　─몸매 봤습니까?

　─하~ 여신님은 몸매도 좋더군요.

　─무조건 본방사수입니다.

　─예고편 때 옆에 서 있던 걸그룹 멤버 봤나요. 완전히 오징어가 따로 없더군요.

　─이제 걸그룹 덕후는 그만할랍니다. 급이 달라요. 급이.

　─희진 여신 동영상 유출됐습니다. 링크 사라지기 전에 다 운받으세요. 클릭 클릭. tnsrjwltakf.zja

　─윗분 그러고 살고 싶나요?

　─신고버튼 누르세요. 매번 이 게시판에서 저러고 다니네요.

　─운영진은 저런 광고글 좀 알아서 삭제했으면 좋겠어요.

　정작 방송에 등장한 희진이 보여준 것은 깨진 유리조각 위를 걷기, 두부 위에 서기, 각목으로 맞기 등 기존에 마동식이 모두 보여줬던 기술들이었다.

　하지만 이는 아무 문제도 되지 않았다.

　남자들의 시선은 오로지 희진의 얼굴과 몸매에만 꽂혀 희진이 유치원 율동을 했더라도 100점을 줄 기세였다.

희진에 의한, 희진을 위한, 희진의 방송이 되어버린 스타퀸을 보고 있던 이준석이 들고 있던 물병을 내동댕이치고 임영석 피디에게 전화를 걸었다.

한참 신호가 갔지만 임영석 피디는 전화를 받지 않았다.

메시지를 보내도 숫자 1이 없어지지 않았다.

고의로 이준석을 회피하는 것이 분명했다.

"이 새끼. 잠수 탄다 이거지?"

화가 머리끝까지 안 이준석은 전화기를 던지려다 살며시 내려놓았다.

그도 다른 루트를 통해 문수파를 자르면 임영석 피디가 잘린다는 사실을 듣고 있었다.

"그 새끼 병신 만든다고 해서 달라질 것도 없고……. 어떻게 한다."

이준석도 멍청이는 아니었다.

임영석 피디를 파멸시키는 일은 간단하다. 하지만 그를 파멸시킨다고 돌아오는 이득이 없다. 그냥 놔두고 소속 연예인들 출연시 써먹는 것이 더 이득이다.

지이이이잉!

"……."

전화가 왔다.

화면에 뜬 이름은 '미친년'.

바로 누나 이성희다.

이준석은 받으려던 전화를 다시 내려놓았다.

왜 임영석 피디가 전화를 안 받는지 알 것 같았다.

"뭔가 해야 해."

누나 이성희는 말만 하는 사람을 무척 싫어한다.

누나에게 보여줄 가시적인 성과가 있어야한다.

이 순간 이준석이 생각해 낼 수 있는 방법은 오직 한 가지, 폭력뿐이었다.

이준석은 전화기가 잠잠해지길 기다렸다가 어디론가 전화를 걸었다.

문수파의 아홉 번째 도전은 야외에서 펼쳐졌다.

이날 방송에서 마동식은 비록 공인기록으로 인정받지는 못했지만 100미터, 200미터, 400미터, 800미터에서 모두 비공인 한국 신기록을 작성했다.

모두 송염의 패스트 워크 버프의 위력이었다.

원래 준비 과정에서 송염과 마동식이 근처 학교 운동장에서 쟀을 당시의 기록은 더 엄청나서 세계신기록을 모두 갱신해버렸다.

그렇다고 방송에서 그런 모습까지는 보여줄 필요는 없다 싶었다.

세계 신기록이라도 작성하면 그것이 비공인일지라도 큰 화제가 될 것이다.

그렇게 되면 당연히 육상협회에서 귀찮게 할 것이 분명했다. 일전 국정원의 경우처럼 귀찮은 것은 딱 질색이었다.

그래서 결정한 것이 한국 신기록을 살짝 상회하는 실력을 보여주는 방법이었다.

이 정도면 화제는 되겠지만 반론도 있어 논란이 되는 수준에 멈출 것 같았다.

달리기가 끝나자 다음 차례는 쇠구슬 던지기였다.

마동식은 송염의 퍼펙트 타깃 버프에 힘입어 20미터 밖에 세워둔 깡통을 모두 명중시키는 놀라운 장면을 연출했다.

Chapter 23
방해

스타퀸 아홉 번째 도전 방송이 끝난 이후 시청자들의 초미의 관심은 문수파가 과연 사상 초유의 10승을 달성할 것인가에 쏠리기 시작했다.

"솔직히 지금까지 보여줄 건 다 보여줬잖아."

"그렇지. 나머지는 전부 변형일 뿐이니까. 따지고 보면 활에 안 뚫리는 것과 자동차에 치이고 안 다치는 건 같다고 봐야지."

시청자들은 예고편이 나오기만을 손꼽아 기다렸다.

송염에게 열 번째 도전 과제를 들은 김계숙의 첫 반응은 강한 불신이었다.

"이번만은 못 믿겠어요. 장풍이라뇨. 말이 되요?"

"사실입니다."

김계숙은 고개를 설레설레 지으며 옆자리에서 희진과 함께 피자 패밀리 사이즈 다섯 판째를 먹고 있는 마동식을 바라보았다. 도사는 마동식이니 당연히 이번 도전도 마동식이 할 것이다.

"여전히 질리게도 먹네요. 동식 씨, 장풍 보여주세요. 봐야 믿겠어요."

"전 못합니다."

"네? 무슨 소리예요. 송염 씨가 다름 도전 과제가 장풍이라고 했잖아요."

"도전이 장풍은 맞는데 난 아닙니다. 도전은 염이가 할 겁니다."

"……."

지금까지 송염은 구경꾼 그 이상도 이하도 아니었다. 그런데 뚱딴지같이 도전을 한다? 그것도 가장 중요한 10승 도전에? 더군다나 종목이 장풍!

믿어주고 싶어도 도저히 상황이 그렇지 못했다.

김계숙이 말했다. 그녀는 웃고 있었다.

"쩝, 농담이었군요? 이제 진짜를 말해봐요."

송염도 따라 웃었다. 그리고 대답했다.

"정말입니다. 제가 합니다."

"……."

송염은 김계숙에게 장풍 시범을 보여주었다. 몸으로 장풍을 확인한 김계숙은 단숨에 방송국으로 달려갔다.

임영석 피디를 찾은 김계숙은 자신이 겪은 체험 내용을 이야기했다.

"대박이에요. 대박! 무조건 대박납니다!"

"그래? 뭐 그렇겠지."

길길이 뛰며 흥분하는 김계숙과 달리 임영석 피디는 어디까지나 시큰둥했다. 몇 주 전부터 임영석 피디는 혼이 빠져나간 사람처럼 행동하고 있었다.

김계숙은 정색했다.

더 이상 두고 볼 수 없었다.

"임 피디님 드릴 말씀이 있어요."

"말해."

"여기선 곤란해요. 옥상 정원으로 가요."

"귀찮게스리……."

"전 임 피디님과 SN엔터테이먼트 사이의 비밀을 알고 있어요."

"……."

김계숙은 대답도 듣지 않고 옥상으로 향했다. 그녀의 뒤를
임영석 피디가 도살장에 끌려가는 소처럼 다리를 끌며 따라
오고 있었다.

"……."

"……."

두 사람은 잠시 말이 없었다. 먼저 입을 연 사람은 김계숙
이었다.

"제가 임 피디님께 얼마나 감사하는지 아시죠?"

"그래?"

"교양프로 막내작가였던 절 발견하고 예능국에 꽂아주신
분이 바로 임 피디님이시잖아요. 항상 감사하고 있어요."

"……."

"그래서 임 피디님이 요즘 무슨 고민이 있다는 걸 알고 혹
시 도움이 될 수 있을까 해서 나름 알아봤죠. 그리고 임 피디
님이 SN엔터테이먼트에서 협박받고 있다는 사실을 알게 되
었어요."

"……."

김계숙이 말을 할수록 임영석 피디의 표정은 사색이 되어
가고 있었다.

"걱정하지 마세요. 저만 알아요. 아무에게도 말하지 않았

고 앞으로도 안할 거예요."

"고, 고마워."

"예능국장님에게 문수파를 자르겠다고 했다는 소리도 들었어요. 아마 SN엔터테이먼트에서 희진이에게 눈독을 들이고 있는 모양이죠?"

"……."

임영석 피디가 담배 하나를 꺼내 물었다. 10년을 끊었다가 최근 다시 피우기 시작한 담배다.

김계숙은 그런 임영석 피디를 말없이 바라보았다. 다그침만이 능사가 아니다. 침묵도 대화의 기술이다.

담배 한 대를 다 핀 임영석 피디가 드디어 입을 열었다.

"맞아, 일곱 번째 도전까지가 그쪽에서 정한 데드라인이었어. 안 하면 비디오를 폭로한다고 했어. 물론 내가 잘못했어. 입이 열 개라도 할 말은 없지만 이야긴 해두고 싶어. 난 함정에 빠진 거야."

김계숙이 조용히 대답했다.

"전 임 피디님을 믿어요. 그런데 이상하네요?"

"뭐가?"

"이미 아홉 번째 도전까지 방영됐어요. 그런데도 SN엔터테이먼트에서 가만있잖아요."

"전화가 100통은 왔을 거야. 혹시 기다리고 있을까 봐서 집에는 교육이라고 안 들어가고 있고."

"흠……."

김계숙은 생각을 가다듬었다. 아무래도 이상했다. 그 이상함의 이유를 찾아내는 일은 그리 어렵지 않았다.

"그랬군요."

"뭐가?"

"협박 총량의 법칙이에요."

"……."

"그러니까 SN엔터테이먼트에서는 현 상황에서 임 피디님의 비리를 터뜨리는 일은 득보다 실이 많다고 느낀 거죠. 생각해보세요. 임 피디님을 자른다고 해서 SN엔터테이먼트에 무슨 이득이 있죠? 그저 내버려두고 소속사 연예인들 캐스팅 카드로 써먹는 것이 더 이득이죠."

과연 그랬다.

판은 키우라고 있는 것이지 깨는 것이 아니다.

임영석 피디가 진급할수록 SN엔터테이먼트의 이득은 커진다.

현 상황은 문자 그대로 협박일 뿐이다.

"하지만 매번 이번처럼 거절이 먹히진 않을 거예요. 뭔가 방법을 찾아내야죠."

"무슨 방법이 있을까? 죽을 때까지 이렇게 협박받고 살아야 하는 거야?"

"제가 방법을 찾아볼게요. 먼저 임 피디님은 방송에 집중하세요. 어떻게 생각해 보면 방송국 내에 임 피디님의 영향력이 커지면 커질수록 혹시 나중에 있을 폭로에 든든한 방패가 되어 줄 수도 있어요."

어둡던 미로에 한 줄기 서광이 비쳤다.

"좋아. 한 번 해보자고. 그런데 아까 장풍이라고 했지? 가능한 거야? 직접 확인했어?"

"당연하죠. 대박이에요."

"흠……. 그렇단 말이지. 그렇다면 좋아. 대미를 화려하게 장식해 보자고. 이번 스타퀸은 생방으로 간다."

"네?"

"뭐가 네야? 생방으로 간다고! MC강호돈에게 일정 확인해 봐. 강호돈은 일요일은 스케줄을 안 잡으니까 시간이 있을 거야. 나머지 패널들도 스케줄 확인하고 못 나온다고 하면 잘라. 최고의 패널들로 섭외하면 돼. 요즘 스타퀸은 못 나와서 안달인 프로그램이야."

"알, 알았어요."

현장감은 있겠지만 솔직히 걱정도 되었다. 난다긴다 하는 베테랑 연예인들도 두려워하는 방송이 생방송이다.

임영석 피디가 정신을 차리자 김계숙은 준비해 두었던 용건을 꺼냈다.

"희진 양, 어떻게 생각해요?"

"좋지. 그림 되지. 센스도 좀 있는 것 같고……."

김계숙은 스타퀸의 미래를 생각하고 있었다.

이제 10승을 하면 문수파는 더 이상 스타퀸에 나오지 못한다. 장기와 대결이라는 프로그램 특성상 시청률이 급락할 수도 있는 상황인 것이다.

다행히 계약서에 방송 후 1년 간 문수파는 SBC방송국 독점 출연이 명시되어 있다. 지금까지는 타 프로그램의 게스트로 사용할 생각이었지만 죽 쒀서 개줄 필요도 없다.

"말씀하신 그대로예요. 희진이는 센스도 있고 법대 재학 중이라 상식도 풍부해요. 게다가 두 오빠를 다루는 모습을 보면 강단도 있어요. 강호돈과 좋은 콤비가 될 거예요."

"그래서?"

"강호돈은 독주하는 경향이 있어요. 희진 양이 톰과 제리의 제리 역할을 해주면 그림이 나올 것 같아요."

"마희진이를 스타퀸의 더블 MC로 쓰자?"

"네, 어떻게 생각하세요?"

"흠, 그림이 될 것 같은데? 아니……. 좋아. 꽤 좋아. 그런데 말이지……. 내가 직접 나서긴 조금 그래. 일전에 한 번 서먹한 일이 있었으니까. 김 작가가 문수파와 친하니 한 번 나서서 희진 씨를 섭외해 봐."

"알았어요. 추진해 볼게요."

용무가 끝났다. 김계숙은 자리에서 일어나며 말했다.

"임 피디님, 파이팅입니다."

임영석 피디가 손을 내밀어 악수를 청했다.

"고마워, 김 작가."

김계숙도 그 손을 맞잡았다.

'손에 똥 묻은 기분이야. 병신! 남자 새끼가 어디서 물건을 잘못 놀려서…… 이런 새끼는 그걸 잘라 버려야 해.'

김계숙의 얼굴은 환히 웃고 있었다. 하지만 그녀의 속마음은 임영석 피디를 격렬히 혐오하고 있었다.

문수파의 스타퀸 도전 열 번째를 알리는 예고가 방송되었다.

송염이 무복을 입고 등장했고 무협지의 한 장면처럼 손바닥을 쭉 내밀자 CG로 바람이 나가면서 거대한 고목나무를 쓰러뜨렸다.

영상의 끝에 궁서체 자막도 나왔다.

—대망의 문수파 도전! 열 번째는 생방송으로 방송됩니다. 많은 시청바랍니다.

예고를 본 네티즌의 반응은 한마디로 '흥'이었다.

지금까지의 문수파가 성공한 기적과 같은 도전들을 믿고 응원하는 쪽에서도 의문을 제기했고 그런 도전들을 단순한 쇼로 여기거나 조작이라고 믿던 쪽은 자신들의 의심이 사실로 드러났다고 주장했다.

—장풍이라니 스타퀸도 갈 때까지 갔네.

—실망입니다. 게다가 마 도사도 아니고 도전자가 한국에서 만난 송염이라니요. 마 도사가 한국에 온 지 불과 3년이라고 들었습니다. 장풍의 존재 여부를 논하기 전에 그럼 3년 만에 장풍을 배웠다는 겁니까?

—장풍이라니……. 21세기에 장풍이라니...

—완전히 사깁니다. 사기.

—지금까지 진짜로 믿고 있었는데……. 속은 기분이 드네요.

—말이 안 되죠.

—믿는 사람, 골룸!

논란이 계속되자 스티퀸 제작진은 홈페이지를 통해 공지를 내보냈다.

―금번 문수파 도전 논란에 대한 제작진의 입장을 알려드립니다.

저희 제작진은 한 치의 부끄러움도 없다 자부합니다.

제작진은 명예를 걸고 지금까지 이뤄진 문수파의 도전이 한 치의 거짓도 없는 사실이라는 점을 확인합니다.

필요하다면 지금까지 촬영된 편집 전 원본 영상도 공개할 의향이 있습니다.

또한 이번 도전 내용인 장풍은 저희 제작진도 믿기 어려워 몇 번이고 확인하고 또 확인한 사항입니다.

그렇지만 여전히 믿기 어려운 도전이기에 공정성과 사실성을 담보하기 위해 스타퀸 방송 사상 처음으로 생중계를 결정하는 결단을 내리기도 했습니다.

그래서 나름 최선의 조치를 다한 제작진으로서는 현재 일고 있는 논란이 무척 당혹스럽습니다.

하지만 시청자의 말씀을 최고로 여기는 저희 SBC방송은 논란을 비켜가기보다는 시청자의 요구에 더 귀를 기울이기로 결정했습니다.

그래서 한 가지 안전장치를 더 제시하고자 합니다.

이번 장풍을 시현해 주실 송엽 씨를 비롯한 문수파 전원은 도전 전 경찰관의 몸수색을 받을 것입니다.

그리고 도전 현장 또한 경찰관이 입회할 것이며 그 경찰관은 도전을 직접 몸으로 경험하는 패널 역할도 해주실 겁니다.

확실히 파격적인 해명이었다.

하지만 논란은 수그러들지 않았다. 다만 주제가 '조작'에서 어떻게 장풍이 가능하느냐로 넘어갔을 뿐이다.

―장풍! 세상에…….

―사실이면 무조건 배우러 갑니다. 한 달에 100만 원이라도 배우러 갑니다.

―우선 주의해서 봐야 할 것이 도포의 옷자락입니다. 옷자락으로 바람을 일으켜 장풍으로 사기 칠 수 있습니다.

―몸에 압축 공기통에 연결된 호스 같은 것을 숨길 수도 있지 않을까요?

―경찰관이 몸수색을 한다고 했으니 그런 일은 없을 겁니다.

―아, 정말 궁금합니다. 일요일은 언제 오나요?

―궁금하면 500원.

*   *   *

송염이 살고 있는 원룸의 초인종은 거의 울리지 않는다.

일주일 가봐야 한 번 울릴까 말까 하는 초인종을 누른 사람도 알고 보면 멀쩡한 송염을 죄인이라 부르며 천국의 열쇠를 주겠다고 강변하는 주변 교회 신자들뿐이다.

그래서 송염의 하루는 대체적으로 평온했다.

하지만 오늘만큼은 아니었다.

"……."

생방송에 떨 송염과 마씨 오누이를 위로하겠다는 명분을 들어 10킬로그램에 가까운 소고기를 사들고 쳐들어온 강철중은 희진의 도움을 받아 고기 구울 준비를 하고 있었다.

워낙 좁은 방이다.

방 중앙에 불판을 놓고 고기를 구울 세팅을 하는 강철중의 엉덩이가 리드미컬하게 움직였다.

곰이 엉덩이를 실룩거리는 경우를 본 사람은 드물 것이다.

송염은 지금 그 희귀한 광경을 목격하고 있었다.

당연히 곰의 정체는 강철중이었다.

"기다리기 지루한데 수련이나 하자."

마동식이 주먹을 불끈 쥐며 물었다.

"싫어."

"수련을 게을리하면 안 된다. 네가 더 많은 버프를 얻을수록 우리의 미래에 도움이 된다."

"그래도 싫어. 입 하나 줄이려고 하는 속셈을 모를 줄 알아?"

"아니다."

"입에 침이나 닦고 말해."

"……."

마동식이 속마음을 들켜 아쉽다는 표정으로 주먹을 거둬들였다.

그 모습을 보니 절로 웃음이 나왔다.

녹이 슬긴 했지만 잘 벼려진 칼날 같았던 마동식의 최근 변화는 놀라웠다.

마동식은 이제 스스럼없이 송염에게 장난도 칠 줄 알게 되었고 방송국에 다니면서 꽂힌 어느 걸그룹의 팬 카페에 가입하기도 했다.

그런 변화에 자신이 약간이나마 역할을 했다는 생각이 들자 나름 뿌듯한 기분이 들었다.

'좋다.'

정말 좋았다.

강철중, 마동식, 희진이 없었다면 지금 이 시간 무엇을 하고 있을까 생각하니 송염은 끔찍하기까지 했다.

이들은 어느덧 송염에게 가장 소중한 사람들로 자리 잡고 있었다.

"……."

소중한 사람이란 주제가 자연스럽게 기억하고 싶지 않은
한 사람의 얼굴을 떠올리게 했다.

바로 아버지의 존재다.

'밥이나 먹고 다닐까?'

피같이 소중한 아들의 돈을 사기 쳐서 날랐으니 잘 먹고 다
닐 것이다.

'그래야 해.'

그래야 했다. 그래도 피가 통하는 혈육이고, 자신을 나아주
신 아버지기 때문이다.

'내일은 어머니 산소나 다녀와야겠다.'

송엽이 상념에 잠시 잠겨 있는 사이 그런 그를 희진이 불렀
다.

"오바~ 주비되서. 바리아서 머거."

송엽을 부르는 희진의 입은 이미 소고기로 미어터질 만큼
부풀어 올라 있었다.

송엽은 희진의 그런 모습까지 사랑스러웠다.

그래서 힘차게 대답했다.

"돼지."

다음 날 출근해야 하는 강철중이 먼저 일어나자 희진도 따

라 나섰다.

"리포트 써야 해. 나, 먼저 갈게."

희진이 일어나자 마동식도 몸을 일으켰다.

"함께 가자."

희진이 그런 마동식을 말렸다.

"아냐, 난 괜찮으니까 오빠는 더 놀다 와."

"싫어."

"싫어도 해."

"알았다."

희진이 송염에게 살짝 윙크를 했다.

송염은 그런 희진의 마음씀씀이가 고마웠다. 사람들로 북적이던 원룸에 혼자 남을 송염을 배려한 행동이다.

강철중과 희진이 떠나자 조금 술이 부족했던 송염은 마동식에게 물었다.

"한잔 더 할래?"

"좋다."

"내가 쏠게, 근사한 곳으로 가자."

"네가 쏘면 어디든 상관없다."

"……."

송염은 마동식과 집 근처 바를 찾았다.

속마음을 말하자면 아버지와 한잔했던 가로수길의 바, 스

팅에 가고 싶었다. 하지만 그곳까지 찾아가기엔 꼭 그래야 할
의지가 부족했다.

송엽에게 아버지는 딱 그 정도의 존재였다.

바에 앉은 송엽은 마동식에게 물었다.

"너, 샴페인 마셔봤냐?"

"들어는 봤다."

"마셔볼 테냐?"

"사주면 먹는다."

"빌어먹을 놈."

"크크크크크. 잊었냐? 내가 거지 생활만 5년 했다는 사실
을?"

"크크크크. 자랑이다."

실없는 농담이 오가고 난 후 송엽은 바텐더를 불렀다.

"돔페리뇽 1999년 산 있습니까?"

"1999년산은 없고 1998년산이 있습니다. 그것으로 드릴까
요?"

"얼마죠?"

"55만 원입니다."

일전에 마셨던 1999년산은 가격이 42만 원이었다. 아버지
의 흔적을 찾은 일은 어려운 일이었다.

'빌어먹을 아버지……'

송엽은 1998년산 돔페리뇽을 주문했다.

대화를 듣고 있던 마동식이 물었다.

"무슨 술이 그렇게 비싸냐? 소주가 몇 병이야?"

"세상에는 네가 알지 못하는 일이 아직 많다. 술 한 병에 몇 천만 원짜리도 흔하다."

"도대체 그런 술은 누가 마시냐?"

"엄청난 부자들 그리고 김정일, 김정은 같은 놈들이 마시지."

"……."

실수다.

평소 송엽은 마동식의 아픈 기억을 끄집어낼 만한 북한 이야기는 의식적으로 꺼내지 않고 있었다.

마동식의 표정이 어두워졌다.

"미안하다. 내가 괜한 소릴 했어."

"아니다. 그저 마음이 아프다."

마동식이 송엽을 바라보았다. 언제나 반짝이던 그의 눈동자가 흐려져 있었다.

"가끔 가다 꿈을 꾼다. 아직도 나진 거리를 헤매고 있을 땟국물 줄줄 흘리는 아이들의 모습을……."

"……."

"내가 과연 이런 호사를 누릴 자격이 있을까? 내가 그들에

게 할 수 있는 일은 없을까? 몇 번이고 질문을 던져 보지만 답
이 없다."

"나라의 윗분들이 할 일이지. 우리 같은 개인이 뭘 하겠
냐?"

"그렇지 않다. 나와 희진이도 목숨을 걸고 탈북자를 돕는
개인에 의해 구해졌다. 그분이 아니었다면 나와 희진이는 결
코 한국으로 오지 못했다."

한 번도 생각해보지 못한 문제다.

너무 무심했다는 생각도 들었다.

송염은 그것이 돈이 됐든 능력이 됐든 자신이 할 수 있는
일이 있다고 생각했다.

송염은 자시의 생각을 말했다.

"아직 그분과 연락 되냐?"

"매년 명절이면 인사드린다. 하지만 대부분 중국에 계셔서
못 뵐 때가 많다."

"이렇게 하자! 동식아."

"어떻게?"

"너 같은 탈북자를 구하려면 그분도 돈이 많이 들것 아니
냐. 그러니 우리가 버는 돈 중 얼마를 그분께 기부하자. 또 다
른 탈북자를 구하는 데 써달라고."

"좋은 생각이다. 역시 넌 똑똑하다."

"크~ 그래, 나 똑똑하다."

평소라면 3류 대학에 중소기업 운운하며 겸손했을 송염으로서는 파격적인 대답이다.

'좋은 대학을 가는 사람은 지능과 지식이 많을 뿐이다. 현명함은 지능과 지식과 상관없다. 난 문제에서 답으로 가는 최단 길을 정말 잘 찾아낸다. 충분히 똑똑하다. 자신감을 가져도 돼.'

송염의 자신감은 하루아침에 쌓인 것이 아니었다.

아홉 번의 도전을 거치며 송염은 가지고 있던 패배의식과 소극적인 정신을 거의 모두 벗어버린 상태였다.

어쨌든 아무짝에도 쓸모없던 스톤스킨 버프 하나로 여기까지 온 것은 오로지 송염 자신의 아이디어 때문이기 때문이다.

친구에게 듣는 칭찬은 묘한 감흥이 있었다.

멋쩍어진 송염은 때마침 나온 돔페리뇽을 오픈하고 마동식의 잔에 따랐다.

멋진 기포.

황금색 액체.

무거우면서도 가벼운 상반된 두 느낌이 공존하는 상쾌한 맛.

마동식의 반응은 간결했다.

"무슨 포도 주스가 이렇게 비싸냐? 돈 낭비다."

"……."

잘 마시고 바를 나섰다.

바의 위치는 대로와 한 블록 떨어진 소로였다.

연인도 아닌 이상 서로 집까지 바래다 줄 의리 따윈 없는 두 남자는 바 앞에서 헤어지기로 했다.

송염이 집과 마동식과 희진이 사는 임대주택까지는 걸어서 불과 15분 거리다.

"들어가라."

"자라."

간단한 인사를 마치고 두 사람은 헤어지려 했다.

"음?"

막 등을 돌리는 마동식 너머로 자동차 헤드라이트가 보였다.

부우우우웅!

작은 소로에서 과속은 사고의 지름길이라는 생각과 동시에 헤드라이트가 마동식에게 달려들었다.

'스톤스킨!'

버프와 동시에 검은색 중형승용차가 마동식을 덮쳤다. 마동식이 목각인형처럼 꺾이며 자동차 보닛과 유리창에 부딪쳐 허공으로 떠올랐다.

그 순간 송염은 불쾌한 위화감을 느꼈다.

'브레이크를 밟지 않았어.'

생각은 이어지지 않았다.

마동식을 받은 자동차는 멈추지 않고 송염까지 덮쳐 버렸다.

쿵!

익숙한(?) 충격과 함께 송염은 승용차의 유리창을 머리로 받고 하늘로 날았다.

벤틀리 건에서 경험했던 것처럼 시야가 빙글빙글 돌았다. 자동차의 유리, 유리 안의 남자. 바의 간판, 별 한 점 없는 검은 하늘. 끝으로 아스팔트가 급격하게 시야를 채웠다.

"……??!!"

아니다. 벤틀리 때와는 달랐다.

의식의 끈이 끊어지기 일보 직전이었다.

마동식을 들이받은 자동차가 송염을 덮치기까지 걸린 시간은 불과 일, 이 초에 불과했다.

'젠장.'

빌어먹을 스톤스킨 버프는 남에게는 걸어줄 수 있어도 정작 스스로에겐 걸 수 없다.

'죽는 건가?'

의식을 잃지 않은 것이 천운이었다.

등으로부터 아스팔트로 떨어진 것 또한 천운이었다.

'입만 살아 있으면 돼.'

입이 움직였다.

송염은 소리쳤다.

"셀프 힐!"

한 번으로 부족했다.

"셀프 힐! 셀프 힐! 셀프 힐!"

네 번을 연속 외치자 아프던 이마, 머리, 허리, 무릎에서 느껴지던 고통이 씻은 듯 사라졌다.

흘러내리던 피도 멈췄고 상처도 사라졌다.

'쓸모없는 버프가 아니었어.'

셀프 힐은 즉사만 당하지 않으면 사람을 정상으로 돌릴 수 있는 엄청난 버프였다.

갑자기 버퍼로서의 자부심이 넘쳐 심장이 터질 것 같았다.

하지만 지금은 자부심 따위에 신경 쓸 때가 아니었다.

자동차에서 검은 정장을 입은 네 남자가 내렸다.

남자들은 송염에게 다가오고 있었다. 남자들의 손에 들린 작은 막대기가 송염의 주의를 끌었다.

그들이 손에 들린 막대기의 정체는 접었다 폈다 할 수 있는 호신용 봉이었다.

불길함을 느낀 송엽은 천천히 뒤로 물러났다.

그 모습을 본 남자들이 이해 할 수 없다는 표정을 지었다.

"움직이네?"

"통뼈네."

"스타퀸 안 봤어? 쟤들 자동차에 받혀도 활에 맞아도 끄떡없었다고."

"그걸 믿냐? 병신아. 다 조작이야, 조작."

사람 두 명을 고의로 받아놓고서도 남자들은 마실 나온 아주머니처럼 농담을 주고받았다.

"상관없어. 담가 버려."

"칼은 들어갈까? 스타퀸 보니까 안 들어가던데……."

송엽은 마음속으로 스타퀸 운운한 남자를 응원했다.

'그래, 안 들어가. 안 들어가니까 찌르지 마.'

셀프 힐로 살아남았지만 스톤스킨 버프는 송엽 자신에게는 무용지물이다.

그때 또 다른 남자가 스타퀸 남자에게 핀잔을 주었다.

"뱃가죽이 철판이냐. 당연히 들어가지."

"빨리 끝내고 가자. 누가 신고했을라."

송엽은 뒤로 뒤로 물러났다.

공포가 전신을 잠식해 일어날 수 도 없었다.

"괜찮냐?"

목소리가 들렸다. 마동식의 목소리다. 마동식은 송염의 상태를 눈으로 살피더니 남자들 앞에 섰다.

마동식이 파이팅 자세를 취하자 남자들이 단검을 들어 올렸다.

송염은 얼른 마동식에게 다시 한번 스톤스킨 버프를 걸었다.

그리고 자신을 자책했다.

'한 번만 아껴 놓을 걸.'

페스트 워크와 퍼펙트 타깃 버프만 있으면 마동식이 훨씬 수월하게 남자들을 물리칠 수 있었다.

하지만 이미 마나는 셀프 힐 네 번으로 동이 난 상태다. 역시나 손목의 마나 게이지도 바닥나 있었다.

송염은 몸을 일으키며 소리쳤다.

"버프 걸었다."

"알았다."

신호를 받은 마동식이 움직이기 시작했다. 마동식의 몸놀림은 그림 같았다. 단숨에 뛰어올라 날아오는 호신봉을 무시하고 차고 찌르고 주먹을 날렸다.

단 일합이었다.

마동식은 단 일합 만에 남자들을 모두 땅에 누였다.

"크으윽!"

"악, 젓더."

"스타퀸에서 최태영을……."

"아~ 씨발……. 조용히 안 해."

남자들이 저마다 다른 부위를 감싸고 컥컥댔다.

남자들을 처리한 마동식이 송염에게 물었다.

"이제 어떻게 하냐?"

"왜 우리를 습격했는지 알아내야지."

"어떻게?"

"……."

마동식이 고개를 끄덕이더니 남자들에게 다가갔다. 그리고 한 번씩 발을 놀려 세 명의 남자를 기절시켰다.

그 모습은 지옥에서 온 저승사자가 현신한 것 같은 살벌한 위압감을 보여주고 있었다.

남은 한 명의 남자는 당장에라도 오줌을 쌀 것처럼 파랗게 질려 버렸다.

마동식이 몸을 굽혀 그 남자와 얼굴을 마주 댔다.

그때였다.

삐뽀!

삐뽀!

삐뽀!

멀리서 경찰차가 오는 소리가 들렸다.

그 소리를 듣는 순간 송염은 분노가 차갑게 식어 얼어붙는 기분을 느꼈다.

"동식아, 그만하고 가자."

마동식이 돌아보았다.

그는 이해할 수 없다는 표정이었다.

"왜?"

"나중에 이야기해 줄게."

"알았어."

마동식은 마지막 남은 남자를 발로 차주고 송염의 뒤를 따랐다.

두 사람은 골목길을 따라 이동해 마동식의 집으로 들어섰다.

길을 가는 와중에도 마동식은 송염의 결정을 계속 타박했다.

"그놈들 그냥 놔둬? 우릴 습격한 것이 분명하다."

"경찰 때문에 그렇다."

"경찰? 더 잘됐지. 경찰이 그놈들을 벌줄 거다."

"아니야."

송염은 고개를 저었다.

생각하면 할수록 일이 우습게 됐다.

"왜 아니라는 거냐?"

"……."

송염은 잠자코 마동식을 가리켰다.

"너 어디 아파?"

"……."

송염은 다시 자신을 가리키며 말했다.

"나도 멀쩡해. 이 상태에서 경찰이 오면 어떻게 되겠어? 우린 상처 하나 없고 저놈들은 묵사발이 됐잖아."

"그래도……."

그래도 마동식은 이해할 수 없다는 표정이었다.

마동식에 있어 대한민국 경찰은 북한의 보안원과 달리, 잘못하지 않는 한 자신을 보호해 주는 고마운 존재였다.

"뭐, 우리가 덮어 쓰지는 않을 거야. 근처에 CCTV도 있을 테니 사실은 밝혀지겠지. 하지만 그래도 문제야. 우린 며칠 있으면 마지막 방송을 앞두고 있어. 괜히 폭행 사실이 알려지면 좋을 게 없어."

"……."

"나도 분해. 분하지만 지금은 참아라. 누가 저런 짓을 했는지 짐작은 간다."

마동식의 눈빛이 변했다.

"누구냐?"

"일전 그 온몸에 버터 바른 놈."

"이준석?

"그래. 그놈."

마동식이 한숨을 크게 내쉬었다.

"지금은 참는다. 하지만 잊지는 않는다."

"나도 마찬가지야. 얼른 올라가 봐라."

그러자 마동식이 송염의 손을 잡아끌었다.

"아니다. 오늘은 우리 집에서 자고 가라. 널 혼자 두기 불안하다."

"……."

딴은 그렇다.

지금 송염은 무방비 상태다.

마나도 없다.

그럴 리는 없지만 또 다른 습격이 있다면 큰 낭패를 겪을 수도 있다. 송염은 마동식의 호의를 받아들이기로 했다.

그러고 보니 한 번도 마동식의 집을 방문한 적이 없다.

문득 희진의 방을 볼 수 있을지 모른다는 생각도 들었다. 그러자 기분이 좋아졌다.

"알았어. 그런데 오늘 있었던 일 희진이에겐 말하지 말자. 괜히 걱정한다."

"그래. 알았다."

집에 다다라 잠시 후 현관 문이 열렸다.

그리고 문을 활짝 열고 나오는 희진의 모습이 보였다.

희진은 송염을 발견하고 말했다. 아니, 비명을 질렀다.

"꺅!"

봤다.

정말 오길 잘했다고 송염은 생각했다.

희진이 부리나케 자기 방으로 뛰어 들어가는 뒷모습이 보였다. 희진은 짧은 반바지와 어깨가 드러나는 나시티를 입고 있었다.

송염은 한 번도 그렇게 노출이 심한 옷을 입은 희진의 모습을 본 적이 없다.

희진은 한여름에도 팔목까지 내려오는 긴 티셔츠와 무릎까지 내려오는 차마나 긴 바지를 입었다.

모두 상처 때문이다. 허벅지의 상처를 얼핏 눈길이 스친 적은 있지만 직접 본 적은 없었다.

마동식에게 들은 바로는 눈 뜨고 보기 힘들 만큼 처참하다고 했다.

얼이 빠진 송염에게 마동식이 말했다.

"눈 깔아라."

"……."

잠시 후, 옷을 갈아입고 나온 희진이 툴툴거렸다.

"연락도 안하고 쳐들어오면 어떻게 해. 놀랐잖아."

"그냥 어떻게 사는지 궁금해서."

"궁금하긴 뭐가 궁금해. 사람 사는 게 다 그렇지."

"네 방 좀 구경해도 되냐?"

"절대! 안! 돼!"

희진은 단칼에 거절했고 송염은 가슴을 부여잡고 뒤로 넘어졌다.

"절대란 단어가 가슴을 후벼 파는구나."

"크크크크. 웃겨, 오빠."

"쩝 진심인데……."

"흰소리 하지 말고 앉아 있어. 마실 거라도 내올게."

송염은 그제야 겨우 마동식과 희진이 사는 방을 살펴볼 수 있었다.

정부에서 임대해 준 거실과 방 하나로 이뤄진 12평짜리 임대아파트. 여기가 하늘 아래 둘뿐인 남매의 보금자리였다.

거실은 흔한 액자 하나 없이 삭막 그 자체였다.

텔레비전이 있었고 소파가 있어야 할 자리에는 이부자리가 깔려 있었다.

"여기서 자냐?"

"그렇다."

"희진이는 저 방 쓰고?"

"다 큰 처녀다."

"다 크긴 다 컸더라. 쩝, 방을 구경하고 싶은데."

송엽의 투정을 들은 마동식이 미묘한 웃음을 지으며 물었다.

"너, 왜 희진이가 자기 방 안 보여주는지 알아?"

"내가 어떻게 알아. 그냥 창피하니까 그렇겠지."

"아니다. 거기에는 한 가지 비밀이 있다."

"뭔데?"

두 사람의 대화는 이어지지 못했다.

희진이 음료수를 들고 오다 두 사람의 대화를 들었기 때문이다.

"오빠, 입조심. 앞으로 밥 없다."

희진의 경고는 엄청난 위력을 발휘했다. 마동식은 송엽이 아무리 닦달을 해도 절대 입을 열지 않았다.

자리에 누웠지만 잠이 오지 않았다.

벽 하나를 사이에 두고 희진이 자고 있다는 그런 감정적인 생각 때문은 아니었다.

'굳이 따지자면 같은 방에서 잔 적도 있는걸. 모두 함께였지만.'

송염을 괴롭혀 잠 못 들게 하는 것은 불확실한 미래가 주는 불안이었다.

'잘 가고 있는 걸까?'

평범한 일상에 파문을 일으킨 팔찌가 나타났고 그 팔찌로 인해 힘을 얻었다.

'힘이라고 말할 수 있으면 말이지. 무슨 힘이 남만 좋게 하는지……'

그날 이후 송염은 가쁘게 달려왔다.

수련을 했고, 거리 공연도 했고, 급기야 방송출연까지 했다.

여기까지는 모두 송염의 계획대로였다.

그런데 뜻하지 않은 변수가 생겼다.

'이준석.'

이준석은 가진 자다.

그런 자가 이렇게 쉽게 목적을 이루기 위해 폭력을 행사한다는 사실을 이해하기 힘들었다.

보통 사람은 일평생 남의 얼굴에 주먹 한 번 못 휘두르고 죽는다.

그것이 정상인의 삶이다.

그런데도 이준석은 자신이 가지고 싶은 것은 가지기 위해 서슴없이 폭력을 휘두르고 남을 협박한다.

비틀린 삶이다.

더 무서운 것은 정작 이준석 본인은 그런 사실을 모른다는 점이다. 그들은 남의 고통을 이해하지도, 이해하려 하지도 않는다. 감정결핍, 사이코 패스는 바로 이준석 같은 사람을 일컫는 말이다.

'방법은 하나야. 내가 더 강해지는 것.'

답은 쉽게 찾았지만 방법이 문제였다.

'다음에는 더 좋은 버프가 나와야 할 텐데…….'

송엽은 즉석복권을 긁으며 행운이 터지길 바라는 사람의 심정으로 간절히 기원했다.

"제발!"

그 말을 들었는지 마동식이 말했다.

"걱정마라."

"……."

"넌, 내가 지킨다. 그러니 절대 걱정 마라."

"……."

"넌 지금 충분히 잘하고 있다. 미래에 대한 불안으로 떨고 있던 나와 희진이를 행복하게 만들어 주었고 수많은 시청자들을 즐겁게 했다. 거기다가 이젠 중국 어느 산골에서 추위와 굶주림에 떨며 기적을 바라고 있는 사람들을 구하기 위해 움직일 준비도 하고 있다."

송염은 마음속으로 소리쳤다.

'아냐. 난 그런 놈이 아냐.'

생각을 입 밖으로 내지 못했다.

송염은 그저 이렇게 말하고 말았다.

"쓸데없는 소리."

마동식의 낮은 목소리가 어둠 속을 흘렀다.

"넌 좋은 놈이다. 정말 좋은 놈이다. 그게 너의 재산이다. 그러니 절대 변하지 마라. 더러운 일은 내가 한다. 피는 내가 묻힌다."

이번에도 송염은 반박하지 못했다.

그래서 '난 비겁한 놈이야'라고 생각하며 이렇게 대답했다.

"고맙다."

Chapter 24
장풍

임영석 피디의 큐사인이 떨어지고 1번 카메라의 빨간불이
들어왔다.

MC강호돈이 언제나와 같이 활기차게 소리쳤다.

"행복한 주말 신나는 저녁을 책임지는 스타~ 스타~ 스타~
퀸!"

FD가 열심히 손을 흔들고 방청객들은 그 신호에 맞춰 박수
치고 함성을 질렀다.

짝짝짝짝!

와와와와!

드디어 문수파의 열 번째 도전이 펼쳐질 스타퀸이 시작되었다.

대기실에 앉아 모니터를 보고 있는 문수파에게 김계숙이 찾아 왔다.

"오프닝 멘트 외에 다른 도전자들의 도전은 이미 모두 녹화로 진행했어요. 문수파는 30분 남으면 스튜디오로 이동할 거예요. 생방송이라 떨리죠?"

송염은 대꾸했다.

"네? 아뇨, 생각보다 떨리지 않네요."

사실이었다. 송염은 전혀 떨지 않았다. 미리 리허설을 한 탓도 있었고 일전 회진의 집에서 하룻밤을 자고 난 후 마음이 단단해진 이유도 있었다.

송염은 자신의 선택을 후회하지 않고 앞으로 나갈 준비를 마친 상태였다.

하지만 마씨 오누이는 송염과 상황이 달랐다.

"두 사람은 어때요? 생방송도 똑같아요."

"죽겠어요. 김 작가님."

"……."

표현 방식은 달랐지만 회진은 얼굴이 상기되어 있었고 마동석은 말은 없었지만 다리를 달달 떨고 있었다.

"지금까지 잘해 왔어요. 생방송도 그대로만 하면 돼요. 카

196 버퍼

메라 옆에 내가 서 있을 테니까 항상 날 봐요. 해야 할 말이
있으면 내가 스케치 북에 써서 보여줄 테니까."

"네……."

"……."

김계숙은 그런 오누이를 불안한 눈초리로 바라보았다.

잠시 후 초빙된 경찰관 두 명이 들어왔다.

경찰관은 혹시 숨겼을지 모르는 장치를 찾아 송엽의 몸을
샅샅이 뒤졌고 그 장면이 녹화되었다.

송엽의 팔목에 감겨 있던 팔찌를 발견한 경찰관이 물었다.

"이건 뭡니까?"

"그냥 은팔찝니다."

"풀어 보십시오."

송엽은 팔찌를 풀어 경찰관에게 넘겼다.

경찰관은 한참을 팔찌를 살폈고 그 장면 역시 카메라가 클
로즈업해서 찍었다.

송엽의 팔찌는 그저 파란선이 그어진 싸구려 은팔찌 이상
으론 보이지 않았다. 경찰관도 바로 돌려주며 말했다.

"소품 같은데 더 멋진 걸로 차시지."

"코디네이터가 생각이 있었겠죠."

"하긴 산에서 수련하는 컨셉이니 화려한 것도 이상하겠군
요."

"......."

나름 판단을 내린 경찰관은 카메라에 대고 송염의 몸에 아무 이상이 없음을 선언했다.

"확인 결과 문제점은 발견되지 않았습니다."

검사를 마치고도 경찰관은 대기실 밖으로 나가지 않았다.

카메라가 경찰관이 문수파의 모습을 감시하고 있는 모습을 찍었다.

촬영을 끝내자 김계숙이 다가왔다.

"논란 때문에 만전을 기하는 것이니 신경 쓰지 말아요."

"당연하죠. 경찰관 두 명으로 부족할 정돕니다."

"그런 자신감 정말 좋아요."

"사실이니까요."

"어떻게 하는지 물어봐도 안 알려주겠죠?"

"당연합니다. 밥줄이니까요."

"호호호호. 그 말 좋네요. 밥줄."

김계숙은 귀찮을 정도로 호들갑을 떨며 송염에게 말을 걸었다.

긴장을 풀어주기 위한 의도가 분명했지만 정작 전혀 긴장을 하지 않고 있는 송염으로서는 그저 귀찮을 따름이었다.

　　　　　*　　　*　　　*

　결전의 시간이 다가왔다.

　FD의 손짓을 기다리며 무대 뒤에 서 있던 송염은 마동식과
희진의 손을 잡았다.

　"오늘이 마지막이다. 그리고 우리 미래의 시작점이다. 긴
장하지 말고 잘하자."

　"응, 오빠."

　"알았다."

　대답은 했어도 아직도 오누이는 떨고 있었다.

　오늘 시범을 보일 사람은 송염이다. 마씨 오누이는 그저 옆
에 서 있기만 하면 되는데도 그렇다.

　송염은 그 점도 지적했다.

　"정작 떨어야 할 사람은 바로 나야. 두 사람은 그냥 서 있
기만 하면 되잖아."

　"그, 그렇지? 그랬었지?"

　"그렇네. 수고해라."

　떨림이 멎었다. 김계숙이 괜히 생방송을 강조하는 바람에
생긴 헛된 떨림이니 사라지는 것도 빨랐다.

세트 너머로 강호돈의 목소리가 들렸다.

"자~ 이제! 전국의 시청자 여러분께서 기다리고 기다리시던 바로 그 시간. 기적의 문파, 신비의 문파, 잊혀진 고무술을 현대에 되살린 바로 그 문파. 문수파의 마지막 열 번째 도전이 시작됩니다!"

팡파르가 울리고 하얀 스모그가 피어오르고 세트의 문이 열렸다.

FD가 살짝 송염의 등을 떠밀었다.

"가자. 이제 시작이야."

"응."

"알았다."

송염은 눈부신 조명을 향해 한 발자국 앞으로 걸어 나갔다.

도전은 강호돈의 인터뷰로 시작되었다.

"지금까지는 마 도사님과 희진 양이 도전을 담당하셨잖습니까? 그런데 오늘은 송염 씨가 처음으로 도전에 나서게 되었습니다. 혹시 이유라도 있습니까?"

"장풍을 쓸 수 있는 사람이 오직 저뿐이라 그렇습니다."

"네에? 놀랍군요. 스승이신 마 도사님도 못한다는 말인가요?"

"그렇습니다."

"혹시 이유가 뭡니까?"

"사문의 비밀입니다."

"비밀이라구요. 에이, 알려주세요~!"

송염은 정해진 각본대로 마동식을 바라보았다.

마동식이 고개를 끄덕였다.

그 모습을 본 강호돈이 호들갑을 떨었다.

"마 도사님이 승낙하셨습니다. 이제 말씀해 주세요."

그제야 송염은 입을 열었다.

"지금까지 문수파는 은둔의 문파였습니다. 하지만 스승님은 한국에 오신 후 은둔을 깨고 세상으로 나가기로 결심하셨고 그 결과가 스타퀸 출연이었습니다. 덕분에 많은 분들이 문수파의 이름 석 자를 알게 되셨죠."

"모두 스타퀸 덕분이란 거군요."

"맞습니다."

"여러분 스타퀸이 은둔의 문파 문수파가 세상 밖으로 나오는 데 큰일을 했습니다. 박수 주세요~!"

열띤 박수가 끝나고 인터뷰는 다시 이어졌다.

"문수파 무술의 근원은 기입니다. 기는 모든 사람에게 있고 누구나 기를 사용할 수 있습니다. 기는 타고나기도 하지만 후천적으로 쌓일 수도 있습니다. 그래서 문수파의 무술을 모든 사람이 배울 수 있습니다."

"그렇군요. 호돈이도 배울 수 있는 거군요."

"맞습니다."

"그럼 장풍은요?"

"아쉽게도 장풍은 선천적인 기가 강한 사람만 배울 수 있습니다. 스승님의 말씀에 의하면 저는 그 선천적인 기가 남들보다 몇 배나 강하다고 하셨습니다."

"언빌리버블!"

"스승님은 스타퀸에 감사함과 동시에 문수파 최고의 무술을 여러분께 선보이고 싶어 하셨습니다. 그래서 기초도 없는 미천한 저에게 장풍을 전수해 주셨습니다."

"대단합니다. 마 도사님도 못하시는 장풍을 스타퀸 시청자분들을 위해 전수해 주신 거군요."

"그렇습니다. 그래서 제 장풍은 완성된 것이 아닙니다. 연속해서 여러 번 사용할 수도 없습니다. 무협 영화에서 보듯이 사람을 다치게 하는 위력도 없습니다."

"그렇지만 저희가 확인하고 장풍이라고 느낄 수는 있다 이 말씀이죠?"

"정확합니다."

인터뷰가 끝나고 시범이 시작되었다.

첫 번째 시범은 10미터 떨어진 곳에 켜진 촛불을 끄는 것이었다.

스타퀸 제작진은 치밀했다.

우선 다른 바람이 없다는 점을 확인시키기 위해 촛불과 송염 사이를 투명한 유리벽으로 완전히 감쌌다.

그러고도 모자랐는지 유리벽 안쪽에 바람의 존재를 알 수 있는 가는 실을 매달았다.

송염도 논란의 여지를 없애기 위해 특별히 복장에 신경 썼다.

우선 하의는 검은색 무복을 입었고 상의는 소매가 없는 하얀색 무복을 입었다.

그리고 강인한 느낌을 주기 위해 손목에 손목보호대를 찼다.

물론 손목보호대는 팔찌를 안 보이게 하기 위한 목적이 더 강했다.

유리 터널 한쪽 끝에 선 송염은 양발을 어깨너비로 벌린 다음 자세를 잡았다.

그리고 크게 기합을 넣고 팔을 천천히 교차시켰다.

"후압~!"

패널들과 방청객의 시선이 송염에게 집중되었다.

촛불 옆에서 FD가 시작 신호를 보냈다. 동시에 송염은 다시 한 번 짧게 기합을 지르고 오른손을 쭉 내밀었다.

"얍!"

이젠 익숙해진 무형의 기운이 손바닥으로 빠져나갔다.

그리고…….

촛불이 보이지 않는 누군가가 바로 옆에서 '훅' 하고 바람을 불어넣은 것처럼 꺼졌다.

"우와아아아아."

거센 함성이 스튜디오를 채웠다.

송염은 주먹을 불끈 쥐며 승리를 자축했다.

물론 송염의 속마음은 '연기자가 내 천직일지도 몰라' 였다.

두 번째, 세 번째 도전 역시 장풍의 존재를 각인시키기 위해 촛불의 숫자를 늘리는 방식으로 진행되었다.

이제 사람들은 옆으로 줄지어 서 있는 촛불들 중 중앙 촛불들은 꺼지고 그 옆의 촛불이 격하게 흔들리는 모습으로 장풍의 존재를 조금씩 믿기 시작했다.

네 번째 도전은 장풍의 위력을 보여주는 것이었다.

가장 몸무게가 가벼운 걸그룹 멤버 한 명이 선정되어 송염 앞에 섰다.

그 멤버와 송염과의 거리는 불과 1미터.

송염은 다시 자세를 잡았다.

같은 방식으로 희진에게 실험해 보았을 때 장풍은 희진의 몸을 휘청거리게 만들었다.

"아프지 않죠?"

걸그룹 멤버 한수연이 잔뜩 겁먹은 표정과 애교를 절묘하게 혼합해 말했다.

"안 아파요~!"

강호돈이 맞장구쳤다.

그리고 송염에게 물었다.

"안 아프죠?"

"아직 아프게 할 실력은 못 됩니다."

"안 아프답니다. 이제 장풍을 맞아 보시고 그 느낌을 말해 주면 되는 거예요. 알았죠?"

"네~"

이윽고 준비가 끝나자 송염은 윈드 볼을 날렸다.

그리고…….

윈드 볼에 맞은 한수연이 벌렁 뒤로 넘어졌다.

이것만으로 충분히 놀랄 만한 일이지만 그것은 끝이 아니었다.

한수연은 짧고 나풀거리는 치마를 입고 있었다. 그 치마는 한수연이 넘어지자 벌렁 까뒤집어졌다.

"……."

"……."

"……."

순간적으로 스튜디오에 침묵이 흘렀다.

그래도 MC강호돈은 노련했다.

그는 자연스럽게 한수연의 몸을 가리며 송염에게 다가왔다.

"놀랍습니다. 정말 놀랍습니다. 대~ 단해요~!"

조정실에서 다급하게 카메라를 바꿔 한수연의 검은색 팬티는 불과 1초 동안만 전파를 탔다.

방송의 위력은 대단했다.

그 즉시 모든 포털의 검색어가 '한수연 노출'로 도배되었다. 1등이던 장풍과 2등이던 스타퀸을 밀어낸 결과였다.

훗날 스타퀸 노출사건으로 일약 유명세를 타고 탑 아이돌로 우뚝 선 한수연은 한 기자와의 인터뷰에서 이렇게 회고했다.

"장풍은 확실히 있었어요. 하지만 넘어질 정도는 아니었죠."

"그런데 넘어졌죠?"

"당시 저희 팀은 무명이나 다름없었어요. 그래서 이름을 알리고 싶었죠. 예능이잖아요? 조금 과한 리액션은 기본이죠."

"치마도 의도한 건가요?"

"그건 아니에요. 하지만 결과적으로 잘된 일이죠. 제 이름이 전 국민에게 알려진 계기가 되었으니까요. 그래서 지금도 전 문수파에 감사하고 도장에도 등록했죠."

잠시의 혼란이 수습되고 다음 실험의 상대는 예고했던 대로 입회했던 경찰관이었다.

경찰관이 앞에 서자 송염은 숨을 멈췄다.

조금도 힘들지 않았지만 힘든 척을 해야 했다.

그리고 시작된 시범.

송염은 경찰관의 몸을 흔들고 제복의 칼라를 나부끼게 함으로서 장풍의 존재를 증명했다.

마지막 시범은 자연스럽게 MC인 강호돈이 나섰다.

하지만 그 시범은 실패였다.

강호돈은 100킬로그램이 넘는 육중한 몸매의 소유자라 도무지 그림이 살지 않았다.

그래도 강호돈을 호들갑을 떨며 장풍의 존재와 위력을 떠들어댔다.

모든 시범이 끝났다.

문수파는 대망의 10승을 달성했고 3천만 원의 상금과 상품으로 2,000cc 중형승용차를 획득했다.

강호돈이 마지막 멘트를 했다.

"이제 앞으로 계획은 무엇입니까?"

마동식이 대답했다.

"이제 세상으로 나온 만큼 조금 더 여러분께 다가가고 싶습니다. 그 일환으로 근시일 내에 도장을 열 생각입니다."

"그럼 아무나 가서 문수권을 배울 수 있겠군요. 기대됩니다."

"기대하셔도 좋습니다."

그렇게 끝난 스타퀸은 실시간 시청률에서 40퍼센트를 넘은 경이적인 기록을 세웠다.

물론 순간 시청률이 가장 높았던 순간은 한수연의 치마가 까뒤집어졌을 때였다.

방송이 끝난 후 이어진 뒤풀이는 당연히 열광의 도가니였어야 했다. 하지만 그렇지 못했다.

"……."

"……."

"……."

방송국 근처 삼겹살집에 모인 스태프와 패널들은 자기 앞의 고기가 타는 줄도 모르고 마씨 오누이의 폭식을 감상했다.

그나마 두 사람의 먹성을 알고 있는 김계숙이 송염에게 다가와 말했다. 이미 술을 많이 마셨는지 김계숙의 얼굴을 벌겋게 달아올라있었다.

"경이적으로 먹는군요."

"시작에 불과합니다."

"정말 부러워요. 저렇게 먹고도 살이 안 찌다니……."

"김 작가님도 날씬하신데요. 뭘."

"호호호호, 그렇게 봐주시니 감사합니다."

필요 이상으로 크게 웃음을 터뜨린 김계숙이 술잔을 내밀었다.

"한잔 따라주시겠어요?"

"그러죠."

김계숙은 술잔을 단숨에 비운 후 송염에게 내밀었다.

"받으세요."

"전 됐습니다. 지금도 많이 마셨습니다."

송염은 정중히 술잔을 밀어냈다. 지난번 습격이 있고 난 후 송염은 술을 자재하고 있었다.

"부탁이 있어요."

"부탁이요? 제가 무슨 능력이 있다고 부탁씩이나……."

"송염 씨는 자신을 과소평가하는 경향이 있어요."

"……."

비슷한 소리를 들은 기억이 났다. 희진도 김계순과 같은 이야기를 했었다.

"송염 씨는 주변 사람들을 행복하게 만들어요. 그것만으로
도 엄청난 재능이에요."

"……."

"어머, 제가 쓸데없는 말을……."

"부탁이 뭡니까?"

"단도직입적으로 말하죠. 희진 씨를 스타킹 메인MC로 쓰
고 싶어요."

"제가 결정할 문제가 아닙니다. 희진이에게 직접 말하세
요."

"어머? 발뺌하시는 거예요? 희진 씨는 송염 씨에게 말하라
고 하던데요? 소속사 사장님이라고요."

"……."

송염은 희진을 바라보았다.

희진은 수많은 남자 속에 둘러싸여 열심히 삼겹살을 입으
로 가져가고 있었다.

아직 회사는 차리지 않았다.

말만 오갔을 뿐이다.

차리겠다는 회사도 연예기획사는 아니다.

그저 세 명이 함께 돈을 벌고 그 돈으로 좋을 일을 하겠다
는 그런 회사였다.

"……."

희진은 송염에게 모든 결정을 맡겼다.

송염과 희진의 눈이 마주쳤다.

희진이 장난기 가득한 표정으로 웃었다.

그 모습을 보자 쉽게 결정을 내릴 수 있었다.

희진은 연예인이 되고 싶지 않다고 했다. 그 의견은 다른 무엇보다도 우선되어야 했다.

송염은 말했다.

"거절합니다."

"네?"

"희진이는 평범하게 학교에 다니고, 평범하게 남자 친구를 만나고, 사랑하고, 많이 먹고, 행복하고 싶어 합니다."

"흠, 의외네요. 전 송염 씨가 희진 씨의 남자 친구인줄로만 알고 있었는데요?"

"……."

송염은 대답을 망설였다.

맞다고 자신있게 말하고 싶었다. 하지만 현시점에서 그 대답은 거짓이었다.

현실적으로 희진은 친한 친구의 동생 그 이상도, 이하도 아니었다.

'물론 미래에도 그러리라는 법은 없지만…….'

자신의 생각보다 더 중요한 문제는 희진은 마음이다.

그녀가 자신을 남자로서 좋아하리라는 상상을 도무지 할 수 없었다.

두 사람은 함께 영화를 보지도 않았고 단둘이 식사한 적도 없다.

답은 하나였다.

'희진의 짝은 더 좋은 남자, 잘생기고 돈 잘 벌고 자상하며 똑똑한 남자여야 해.'

송염은 그렇게 결론 내렸다.

"잘못 보셨습니다. 전 그저 희진이 오빠, 동식이의 친구일 뿐입니다."

"그렇군요. 제가 잘못본 모양이에요."

고개를 갸우뚱한 김계숙이 된장에 풋고추를 찍어 베어 물었다.

"어쨌든 MC 제안은 거절이네요?"

"현재로선 그렇습니다."

"아쉬워요. 좋은 기회가 될 텐데요."

의외로 김계숙이 쉽게 포기했다. 그녀의 집요함에 비추어 봤을 때 그것은 놀라운 일이었다.

"포기가 빠르시군요."

"더 조르면 들어줄 건가요?"

"아뇨."

"거봐요. 호호호. 그리고 이젠 상관없어요. 조금 전 전화
한 통을 받았기 때문이죠."

취기가 올라오는 지, 김계숙은 자신의 핸드폰을 꺼내 흔들
었다.

"저 내일부터 기자예요."

"네?"

"어릴 적부터 기자가 되고 싶어 했어요. 하지만 인생은 묘
해서 어찌어찌하다 보니 어느 순간부터 예능작가 생활을 하
고 있더라고요. 뭐, 이쪽 일도 재미는 있었어요. 하지만 언제
나 마음 한구석이 텅 빈 기분이었죠. 그런데 이번에 좋은 제
의가 들어왔어요. 무척 고민했죠. 이래 봬도 이쪽 계통에서는
잘나가고 있었으니까요. 그때 고민하고 있는 나에게 답을 준
사람이 바로 송염 씨와 마씨 오누이예요."

"……."

무슨 말인지 이해하기 힘들었다. 송염은 김계숙에게 도움
을 받았으면 받았지, 준 적은 없다.

"젊음만 믿고 자신이 하고 싶은 일을 한다. 물론 돈을 벌
면 더 좋다. 그리고 그렇게 번 돈은 좋은 일에 쓴다. 문수파
의 신조 아니던가요? 저도 그 신조에 따르기로 했죠. 저 잘
했죠?"

정식으로 신조를 만든 적은 없다.

하지만 분명 김계숙의 말고 비슷한 이야기를 나누었고 의견의 일치를 본 적도 있다.

역시 김계숙의 관찰력은 대단했다.

"김 작가님, 아니 이제 김 기자님. 김 기자님은 어딜 가시더라도 잘하실 겁니다."

"호호호, 고마워요. 장풍을 날리시는 도사님의 말씀이라 힘이 나는군요. 그런데 제 첫 번째 취재기사 제목이 뭔 줄 아세요?"

"······."

김계숙이 뭐라 설명하기 힘든 표정을 지었다. 그녀의 표정 속에는 장난기와 호기심과 도전의식이 모두 뒤섞여 있었다.

그 표정 속에서 송염은 김계숙의 첫 번째 취재대상을 알아냈다.

"우리군요."

김계숙이 손을 번쩍 들어 올리며 소리쳤다.

"빙고. 제목은 '문수파! 그 비밀의 문을 열다'예요. 멋지죠?"

"······."

멋지기는 개뿔.

괜히 귀찮은 혹만 생긴 기분이 들었다.

김계숙의 능력을 알고 있는 송염은 참고 있던 술을 연신 들이켜며 타는 속을 애써 달랬다.

Chapter 25
돌아온 아버지 그리고 여동생

회식이 끝난 송염은 마씨 오누이와 헤어져 집으로 향했다.

　"다시 혼자구나."

　스타퀸 10회 우승과 상금, 부상을 받는 즐거운 일이 있었지만 텅 빈 집에 혼자 들어가는 일은 언제나 유쾌하지 않은 경험이었다.

　불 꺼진 창문이 그런 송염의 쓸쓸한 마음을 대변해 주는 듯했다.

　"응?"

　방 창문에 불이 켜져 있었다.

'불을 켜놓고 나왔나? 정신이 없어. 정신이······.'

송염은 계단을 올라 열쇠를 꺼내 문을 열었다.

"······."

문도 잠겨 있지 않았다.

"내가 미쳤나? 방송 때문에 긴장하긴 긴장한 모양이야."

스스로를 자책하며 송염은 문을 열려 했다.

"하하하하하."

"호호호호."

문 안쪽에서 남자와 여자의 목소리가 들렸다.

목소리의 주인공들은 뭐가 그리도 즐거운지 환하게 웃고 있었다.

"빌어먹을······."

목소리를 듣는 순간 송염은 남자의 정체를 알아차렸다.

송염은 문을 벌컥 열고 소리쳤다.

"아버지!"

낯익은 얼굴이 송염을 반겼다.

그 얼굴의 주인공, 송염의 아버지가 말했다.

"어서 와라, 늦었구나."

여전히 뻔뻔한 아버지였다.

어색한 침묵이 원룸을 싸고돌았다.

분위기는 냉랭했고 보는 이 없이 켜진 텔레비전만 홀로 소음을 만들어 내고 있었다.

낡은 체크무늬 재킷에 역시 낡은 갈색 바지. 살짝 헤져 살빛이 비추는 검은 양말.

그리고 무엇보다 저 뻔뻔한 얼굴.

아버지는 여전했다.

여자 목소리의 주인공은 놀랍게도 백인 여성이었다. 치렁치렁 내려온 긴 금발 생머리와 상당한 볼륨이 인상적인 여성의 나이는 희진 또래, 혹은 그보다 한두 살 어려 보였다.

지금 중요한 건 백인 여자가 아니다.

송염은 쌀쌀맞게 물었다.

"무슨 일로 오셨습니까?"

"아버지가 아들 집에 오는데 이유가 있어야 하냐?"

"이익!"

송염은 저절로 튕겨 나가려는 주먹을 필사의 의지로 억눌렀다.

"문은 잠겼었을 텐데요."

"문에 열쇠 수리점 광고 스티커가 열 장 넘게 붙어 있더구나. 아버지라고 하니까 5분도 안 걸려 열어주더라."

문을 땄다?

허락도 안 받고? 도대체 무슨 권리로?

억지로 잡았던 주먹이 다시 불끈 쥐어졌다.

그 모습을 보던 아버지가 말했다.

"잘하면 치겠다."

"큭."

"대대로 송씨 집안은 효자 많기로 유명했거늘 어디서 저런 놈이 태어났는지 원."

"근거없는 이야기하지 마십시오. 할아버지가 소작농이었다는 사실은 어머니에게 들어 알고 있습니다."

"일일이 하나하나 따지고 살면 피곤하지 않냐? 소소한 일은 웃어넘기는 대범함을 배워야겠다."

아버지는 사실을 들이대도 지려 하지 않았다.

그 머리속 사고 구조가 궁금해 질 지경이었다.

불난 집에 부채질하는 격으로 아버지의 말을 계속 이어졌다.

"그리고 역사와 전통은 하늘에서 떨어진 것이 아니다. 우리 대에서부터 만들어 나가면 그만 아니더냐. 너부터 잘하면 앞으로 우리 집안은 대대로 효자 집안으로 거듭나는 것이다."

입에서 흘러나온다고, 다 말이 아니다.

하마터면 송염은 아버지를 패는 패륜을 저지를 뻔했다.

말로는 당할 수 없다는 사실을 인정한 송엽이 백인 여자를 바라보자 아버지가 다시 말했다.

"인사해라."

"누군지 알아야 인사를 할 것 아닙니까?"

"송곳을 삶아먹었나, 왜 이렇게 뾰쪽하냐."

"아들에게 사기 쳐서 돈 들고 튄 분이 할 말은 아닐 텐데요."

"지나간 일은 잊어라. 괜히 속만 상한다. 그러니 미래에 집중해라."

"……."

외모만 여전한 것이 아니라 입담도 여전했다.

송엽의 입을 막은 아버지의 입에서 폭탄이 터졌다.

"이쪽은 크리스티나 송. 네 여동생이다."

"……??!!"

빌어먹을 아버지.

능력도 좋다.

어머니 팽개치고 팔자 좋게 새 살림 차려서 새끼까지 싸질렀다.

표현은 과격하지만 솔직한 송엽의 심정은 그랬다.

타는 속도 모르고 아버지는 소개를 계속했다.

"크리스틴, 인사해라. 네 오빠 송엽이다. 한국에서는 성이

앞에 온다고 말해줬지?'

"응, 기억해. 아빠, 안녕? 염 오빠, 나 크리스티나야. 크리스틴이라고 불러. 반가워."

"......"

묘한 감정이 서로 교차했다.

아버지를 생각하면 크리스티나를 미워해야 한다.

하지만......

미워하기엔 크리스티나는 뛰어난 외모를 지닌 귀여운 아가씨다.

더불어 환하게 웃으며 무려 또박또박한 한국말로 인사하는 모습이 귀엽기까지 하다.

미워해야 하지만 미워할 수 없다.

결국 송염은 어색하게 대답했다.

"그래, 안녕."

"이야긴 많이 들었어. 정말 보고 싶었어. 오빠."

"한국말을 잘하네?"

"다 아빠 덕분이지. 한국말이 완벽하지 않으면 한국에 데려가지 않는다고 하셨거든. 어색하지 않아?"

친절도 하셔라. 크리스티나는 사랑을 듬뿍 받고 큰 티가 팍팍 났다.

'그 사랑의 백분지 일, 천분지 일만이라도 내게 주시지 그

러셨습니까.'

대화를 마친 송엽은 아버지를 노려보았다.

아버지는 딴청을 피우며 한술 더 떴다.

"배고파 죽겠다. 먹을 것 좀 없냐?"

"없어요."

있어도 없다.

크리스티나가 말했다.

"나도 배고파, 오빠."

"…알았어. 기다려."

도무지 화를 낼 수 없게 만드는 크리스티나다.

송엽은 주섬주섬 냉장고의 재료를 꺼내 김치볶음밥을 만들기 시작했다.

"김치 먹어봤어?"

"응, 나 좋아해."

송엽은 다시 아버지를 노려보았다. 아버지가 변명하듯 말했다.

"한국에서 살 아이니 말이나 음식에 신경 좀 썼다."

신경이란 말에 당겨졌던 인내심의 끈이 끊어졌다.

"그 신경 나에게도 좀 써보시지 그랬습니까?"

"소소한 일은 신경 쓰지 마라. 사내자식이! 그리고 김치볶음밥에는 계란이 필수다. 난 반숙이다."

"오빠, 난 완숙!"

완숙이란 단어도 알고 대단하다.

'이게 아니잖아. 말려들고 있어.'

완성된 김치볶음밥을 두 사람에게 던져준 송염은 빠르게 원룸 안을 스캔하기 시작했다.

얼핏 보아 사라진 물건은 없었다.

송염은 책상 서랍도 열어보았다.

'통장, 도장, 오케이. 어머니 패물, 오케이. 원룸 계약서, 오케이.'

다행히 없어진 물건은 없었다.

하지만 긴장의 끈은 놓쳐서는 안 된다.

아버지는 송염에게 그런 존재였다.

다 먹은 빈 접시를 설거지하고 난 송염은 아버지를 다그치기 시작했다.

"어떻게 된 겁니까?"

"뭘 말이냐?"

"크리스티나 말입니다. 나이로 봐서 어머니랑 이혼하기 전에 태어난 것 같은데요?"

아버지는 대답을 회피했다.

"12월 25일이다."

"무슨 소립니까?"

"크리스틴 생일 말이다. 1995년 12월 25일이니 기억해둬라."

"네."

네가 아니다. 왜 크리스티나의 생일을 기억해야 한단 말인가.

이어지는 아버지의 말은 송염의 머리를 더욱더 헤집어 놓았다.

"에스토니아에서 최!우!등!으로 고등학교를 마쳤고 타르투 대학 의과대학에 합격했다. 게다가 에스토니아어, 러시아는 물론, 영어와 보다시피 한국어도 잘한다."

끊어서 강조한 최우등이란 단어가 무척 거슬렸다.

"하지만 죽어도 한국에 가고 싶다고 해서 어쩔 수 없이 데려왔다. 서류는 모두 처리해 두었으니 내년부터 삼화여대에 다니면 된다."

아버지 덕에 에스토니아에 대해 관심을 가졌던 송염은 타르투 대학이 에스토니아 최고의 대학이고 특히 의대역사가 200년이 넘었다는 사실을 알고 있었다.

대단하다.

어느 나라나 의과대학은 똑똑한 아이들이 다닌다.

크리스티나는 똑똑하다. 똑똑한 아이들은 잘 배워 사회에

이바지해야 한다.

"그야……."

하마터면 수긍할 뻔했다.

아버지의 화술에 말리면 안 된다. 송엽은 본론으로 돌아갔다.

"지금 크리스티나를 한국에 계속 있게 하겠다는 말입니까?"

"나도 내키지는 않지만 워낙 고집을 부려서 말이다."

"그럼 어디서 지내게 할 겁니까?"

"입학하면 기숙사에서 지낼 거다."

다행이다.

아버지의 저 철면피같이 뻔뻔한 성격으로 봐서 이곳에서 지낸다고 하지 않은 것만 해도 감사하다.

'그게 아니잖아.'

내년 봄 입학까지 아직 9개월이 남았다.

그럼 그동안은?

답은 아버지가 내려주었다.

"그때까진 여기서 지내야지."

"……."

크리스티나가 끼어들었다.

"오빠, 괜찮지?"

"……."

괜찮을 리가 있겠는가.

8평짜리 원룸이다.

코딱지만 한 원룸에, 아무리 '남매'라곤 해도 다 큰 성인 남녀가 지낸다는 것은 처음부터 불가능하다.

거절해야 했다. 안 된다고 말해야 했다.

하지만 송염은 그러지 못했다.

'미우나 고우나……'

여동생이다. 이 지긋지긋한 홀로된 외로움을 씻어줄 피붙이가 바로 크리스티나다.

이제 곧 문수파의 도장을 연다. 여차하면 당분간 도장에서 지내도 된다 싶었다.

"그럼 아버지는요?"

"한 일주일 있다가 다시 출국할 거다."

그나마 다행이다. 아버지마저 눌러앉겠다고 했으면 돌아버릴 뻔했다.

그 감정이 밖으로 드러난 모양이다.

아버지가 물었다.

"어디로 가는지 안 물어보냐?"

송염은 단호하게 대답했다.

"전혀 궁금합니다."

아버지의 눈에서 서운함이 느껴졌다. 송염은 의식적으로 그 눈빛을 외면했다.

"그래? 그래도 알고나 있어라. 이번엔 이집트다."

"잘 돌아다니시네요."

"6월의 이집트는 덥다."

송염은 형식적으로 말했다.

"몸조심하십시오."

"고맙다. 이제 피곤하구나. 자자."

작은 침대는 크리스티나의 몫으로 정해졌다. 바닥은 좁긴 하지만 두 명이 잘 수 있다.

이불을 깔며 송염은 스스로를 다독였다.

'불편해도 일주일만 버티면 된다.'

하지만 아버지는 언제나 그랬듯이 송염의 예상을 벗어나는 존재였다.

"너도 여기서 잘려고?"

"당연한 일 아닙니까?"

"전혀다. 난 좁으면 못 잔다. 그리고 과년한 딸과 아들이 같은 방에서 자는 건 남 보기에도 안 좋다."

부글부글.

말은 맞지만 가슴 속에서 무언가가 끓어올랐다.

송염은 반발했다.

"그럼 크리스틴이 내년에 입학할 때까진 어떻게 하구요."

"넌 크리스틴의 오빠다. 부모가 없을 땐 오빠가 부모 역할을 해야 하는 법이다. 그러니 방법은 네가 찾아라."

"……."

더 싸울 힘도 없었다.

말로는 도저히 아버지를 이길 수 없다는 사실을 인정하는 것이 편했다.

'일주일만 버티면 돼. 참자, 참자, 참자, 참을 인 세 번이면 살인도 면한다.'

송염은 옷을 걸쳐 입고 원룸을 빠져나왔다.

막상 나오긴 했지만 갈 데가 마땅치 않았다.

'모텔은 싫은데……. 어쩐다.'

그대 누군가 다가와 송염의 이름을 불렀다.

"염 오빠."

"……."

크리스티나다.

크리스티나가 하늘을 가리키며 말했다.

"이곳 하늘은 별이 없네? 탈린의 하늘은 별이 많아."

"아무래도 공기가 안 좋으니까."

"미안해."

"뭐가?"

"내가 고집을 부려서 오빠가 불편해 하고 있잖아."

사실이다.

하지만 이 상황에서 '그래! 맞아! 불편해!' 라고 말할 수 있는 사람이 얼마나 있을까?

"…아, 아냐."

"아빠. 미워하지 마."

"……."

"좋은 사람이야, 외로운 사람이고."

도대체 어떻게 아이를 세뇌시키면 이렇게 생각할까. 송염은 크리스티나의 눈을 덮고 있는 콩깍지를 벗겨주고 싶었다.

"뭐 마실래?"

"좋아. 난 콜라가 좋겠어."

"가자."

이미 밤이 늦어 문을 연 커피숍은 없었다. 결국 송염은 편의점에서 캔 커피 하나와 캔 콜라 하나를 사 가게 앞 테이블에서 마시기로 했다.

송염과 크리스티나는 말없이 각자의 음료수를 마셨다.

송염은 어색한 침묵을 깨기 위해 헐리우드 스타를 만난 연예기자처럼 물었다.

"한국의 첫 인상은 어때?"

"생각 이상으로 발전했다는 느낌? 에스토니아는 8시만 되

도 거리가 한적해져. 그런데 한국은 정반대야. 저녁이 되면
될수록 더 역동적으로 변하는 느낌이야."

크리스티나의 말대로 편의점 주변은 아직도 영업하는 술
집에서 뿜어져 나오는 열기로 활기찼다.

'여동생… 인가?'

혼자 성장했던 송염은 여동생, 누나, 동생, 형에 대한 일종
의 환상이 있었다.

'환상은 환상이고 현실은 현실.'

송염은 이제 크리스티나에게 아버지의 진면목을 알려주기
로 마음먹었다.

"네가 본 아버지는 어떤 사람이야?"

"당연히 좋은 사람."

"가정적이셨어?"

"아니, 사실 난 수녀원에 딸린 기숙학교에서 컸어. 그래서
일 년에 아버지 얼굴을 한두 번 볼까 말까 했지."

그럴 줄 알았다.

안에서 새는 바가지가 밖에 나간다고 텅스텐 그릇이 될 리
없다.

"어머니는 어떤 분이야?"

크리스티나가 시선을 내려 깔며 아주 느리게 말했다.

"돌아가셨어."

"……."

"내가 아주 어렸을 적에……. 그래서 얼굴도 기억 안 나."

"그랬구나. 미안해."

"오빠, 엄마도 돌아가셨다고 들었어."

"응, 4년 전에 돌아가셨어."

그때 크리스티나가 아주 뜻밖의 말을 했다.

"좋겠다."

"……."

처음엔 한국어를 잘 모르는 크리스티나의 실수라고 생각
했다. 하지만 그런 생각은 오산이었다. '좋겠다'라는 감정은
크리스티나의 진심이었다.

"최소한 오빠 엄마와의 아름다운 추억이 있잖아."

"아버지가 사진이나……. 그런 거 안 보여주셨어?"

크리스티나는 잠시 망설이더니 대답했다.

"아빠는 말하지 말라고 했는데 해야겠어."

"……."

"사실 나, 고아야."

이……. 빌어먹을 아버지.

돌이켜 생각해 보니 동양인과 서양인의 혼혈이라고 보기
에 크리스티나는 너무 백인 같은 외모를 가지고 있었다.

결국 크리스티나와 송염은 피 한 방울 안 섞인 남남이란 이

야기다.

그래 놓고선 여동생이라고 사기치고 송염에게 떠넘겼다.

하지만 송염은 화를 낼 수 없었다.

그 뒤에 이어진 크리스티나의 이야기가 너무 슬퍼서였다.

"에스토니아가 독립한 후 많이 혼란스러웠대. 가난한 사람도 많았고 도둑도 많았고 남을 헤치는 사람도 많았지. 그 혼란 속에서 많은 사람이 희생됐는데 그중에 내 친부모님도 있었어. 당시 난 갓 돌이 지난 아이였는데 아빠가 날 발견해서 키워주신거야."

남자라면 이때 할 수 있는 대답은 오직 하나다.

송염도 그 대답을 했다.

"이젠 혼자가 아니야. 오빠가 있잖아."

"후후후, 고마워. 오빠. 근데 오빠?"

"뭐?"

"아빠가 이야기했는데 한국에 오면 오빠가 옷도 많이 사주고, 맛있는 것도 많이 사주고, 화장품도 많이 사주고, 여기저기 데리고 다니며 구경시켜 줄 거라고 했는데 정말이지?"

역시나 끝까지 실망시키지 않는 아버지다.

송염은 지금쯤 악마 같은 미소를 지으며 웃고 있을 아버지를 저주했다.

"그래……. 당연하지."

"호호호호, 잘됐다. 아빠 말 따르길 잘했……. 합!"

박수를 치며 좋아하던 크리스티나가 손으로 입을 막았다.

하지만 이미 늦었다.

송염의 귀에는 '아빠 말을 따르길 잘했…….' 다는 말이 생생히 꽂힌 후였다.

"너 네가 오자고 해서 온 거 아니지?"

"……."

"사실대로 말해."

"……. 응, 사실이야. 아빠가 그렇게 이야기하라고 해서……. 미안해. 하지만 오고 나선 오빠도 보고 서울도 보고 나선 정말 잘 왔다고 생각하고 있어."

"아버지가 왜 널 한국으로 데리고 온 거야?";

"자세한 이야기는 안 하셨는데 에스토니아에 있으면 위험하다고 하셨어."

"……."

아마도 짐작컨대 팔찌의 비밀을 찾는다고 들쑤시다가 마피아의 심기라도 건드린 것이 분명했다.

이제 이집트로 간다 하니 별 상관없는 이야기긴 했다.

"그래도 책임감은 있네. 널 데리고 왔다니……."

"그게 무슨 소리야?"

"아냐. 이제 들어가 자라."

"오빠, 어디로 갈 거야?"

"근처에 친구 집이 있어."

송염은 크리스티나를 집에 바래다주고 마동식의 집으로 향했다.

생각하면 생각할수록 기가 막혔다.

치밀어 오르는 열을 참을 수 없었던 송염은 오늘 있었던 믿지 못할 이야기를 마동식과 희진에게 털어놓았다.

"그래서 당분간 여기서 지냈으면 한다."

"우린 상관없다."

"고맙다. 하……. 정말 돌겠다."

위로받고 싶었다.

마동식과 희진과 함께 아버지를 씹고 싶었다.

하지만 마동식과 희진은 송염이 원했던 반응을 보여주지 않았다.

"아버지가 있어서 좋겠다. 오빠, 그리고 아버지 욕하지 마. 천벌 받아."

"정말 부럽다."

"……."

마동식과 희진은 고아다.

두 사람의 부모님은 굶어 죽으셨다.

크리스티나도 마찬가지로 고아다.

그녀의 부모님도 안타깝게 돌아가셨다.

"살아 있는 것만으로 고맙다?"

"당연하지, 오빠. 아버지에게 잘해. 못하면 천벌 받아."

"희진이 말이 맞다. 잘해라."

희진은 거기에서 멈추지 않았다.

"내일 얼굴이 보여줘. 아버지랑 크리스티나 보고 싶어. 이제 나도 여동생이 생긴 셈이잖아."

"……."

희진이 워낙 간절히 부탁하는 바람에 송엽은 그 부탁을 거절하지 못했다.

＊　　　＊　　　＊

만난 지 1분 만에 희진과 크리스티나는 급속도로 친해졌다.

"어머 너무 예뻐, 크리스틴은 인형 같아."

"아니야. 언니. 언니가 더 예뻐."

"호호호호."

"호호호호."

먼저 칭찬이 오가고.

"크리스틴 한국말 너무 잘한다. 어떻게 배웠어?"

"드라마로 배웠어. '천국의 엘리베이터' 너무 좋아. 열 번도 넘게 본 것 같아."

관심사를 파악한 다음.

"나도 그 드라마 좋아해. 주인공 김상우 너무 멋지지 않아?"

"까! 정말 김상우, 너무 너무 너무 잘생겼어."

"한국 노래도 좋아해?"

"그럼, 북방신기 노래는 전부 외웠어."

"나 북방신기 중에 고고창민 직접 봤다."

"세상에…… 어떻게? 어디서? 잘생겼어?"

"방송에 함께 출연했거든. 잘생겼고! 매너도 짱이더라."

"우와~ 그럴 줄 알았어. 정말 그럴 줄 알았어."

"또 스타쥬니어의 김훈철도 봤는데 말이야."

"스타쥬니어? 오마이 갓! 오~ 마~ 이 갓! 정말 꽁치란 별명대로 팔딱팔딱 뛰어?"

"어떤 일이 있었냐면……."

경험을 공유했다.

나이는 세 살 차이가 났지만 관심사가 비슷한 희진과 크리스티나는 대화가 계속될수록 정말 친 자매같이 보였다.

마동식도 아버지를 친부모 대하듯 했다.

"아버님, 술 받으십시오."

"그래그래, 온몸에 가시가 돋친 누구하고는 정말 다르구나."

"염이 좋은 놈입니다."

"사람은 깊이 사귀어 봐야 하는 법이다. 그리고 북에서 왔다고?"

"그렇습니다. 3년 전에 왔습니다."

"대견해, 불만투성인 누구와 달리 정말 대견해. 그래 그 이야기 좀 해줄 수 있겠나?"

"당연합니다. 우선 한 잔 더 받으십시오."

"좋지, 좋아."

송염은 자신이 외톨이가 된 기분이 들었다. 하지만 그런 기분을 밖으로 표현하고 싶진 않았다.

마동식과 희진은 아버지와 여동생을 얻었고, 크리스티나는 오빠와 언니가 한 명씩 생겼다.

'이것으로 좋겠지. 평범한 가정도 괜찮을지 몰라.'

송염은 그렇게 인정하고 네 사람 틈으로 끼어들었다.

하지만 그것은 엄청난 오산이었다.

마동식과 희진의 충고대로 송염은 아버지가 계시는 동안 최선을 다했다.

낡은 양복 대신 여름 양복도 한 벌 사드렸고 이집트에 맞게 인디아나 존스가 입었음직한 작업복과 창이 넓은 중절모도 챙겨드렸다.

지성이면 감천이라고 했던가.

아버지는 출국하기 하루 전 아침, 도장 자리를 물색하러 가나는 송엽에게 속마음을 드러냈다.

"고맙다."

"아닙니다. 이집트 가서서도 건강하세요. 참 저녁 때 희진이랑 동식이랑 제 친구 철중이가 오기로 했어요. 송별회 겸 식사라도 해요."

송엽은 그 말을 들은 후 아버지가 지었던 그 오묘한 표정을 잊을 수 없었다.

비록 지금까지 떨어져 사느라 아직도 아버지를 잘 안다고 할 수 없지만 최소한 그 표정 속에는 미안함이 깃들어 있었다.

실제로 인사를 마치고 나가는 송엽의 등 뒤에서 아버지가 말했다.

"미안하다."

아버지가 했던 미안하다란 말의 의미를 안 시간은 그날 밤이었다.

마동식과 희진과 강철중이 미리 예약해 두었던 식당에 도착했다.

그런데 약속 시간이 한참 지나도록 아버지와 크리스티나가 나타나지 않았다.

"혹시 길을 모르시는 것 아냐? 한국에 오랜만에 오셨다며?"

"아침에 약도 그려 드렸는데……."

강철중이 한심하다는 듯 말했다.

"너도 참 무심하다. 노인네와 외국인 아니냐. 약도가지고 어떻게 찾아 오냐?"

"그런가?"

"어서 전화 드려."

"아버지 전화번호 몰라. 그러고 보니 내 번호도 안 알려드렸네."

"에라이……. 얼른 뛰어가 모셔와. 우린 미리 주문하고 기다리고 있을게."

"그, 그래. 알았다."

송엽은 서둘러 집으로 향했다.

집에 불이 켜져 있었다.

'아직 출발 안 하셨나?'

강철중의 말대로 길을 못 찾고 다시 집으로 돌아오셨을 수
도 있었겠다는 생각이 들었다.

급한 마음에 송엽은 서둘러 집으로 올라갔다.

"아버지."

대답이 없었다. 대신 이상한 소리가 들렸다.

"흐흐흑."

크리스티나가 울고 있었다.

송엽은 막연한 불안함을 느꼈다. 그리고 그 불안감은 현실
이 되었다.

"아버지는?"

"흐흐흐흑."

"크리스틴, 아버지는?"

"흐흐흑, 떠나셨어."

"떠나다니 어딜?"

"이집트."

"무슨 소리야? 출발 날짜는 내일이잖아."

"오늘이래."

황당했다. 기가 막혔다. 어쩌면 아버지답다고 할 수도 있
었지만 솔직히 이해는 안 됐다.

어쨌든 아버지는 사라졌다.

송엽은 울고 있는 크리스티나를 달랬다.

"울지 마. 왜 울어. 아버지는 또 오실 거야."

"오빠."

눈물을 그친 크리스티나가 송염을 바라보았다. 크고 맑은 푸른 눈이 눈물에 반짝였다.

"그래, 그래. 그쳐. 가자. 다 기다리고 있다."

"아빠가 미안하다고 전해달래."

"그러게 미안할 짓을 왜 해!"

아침에 들었던 미안하다는 말과 크리스티나의 미안하다는 말이 묘하게 오버랩되었다. 아버지의 표정, 눈빛이 기억났다.

"……."

등골이 오싹했다.

송염은 책상으로 달려가 서랍을 열었다.

"없어……."

통장이 사라졌다.

통장 안에는 SBC에서 받은 상금과 세 사람의 출연료가 고스란히 들어 있다.

모두 9,000만 원. 갖은 쇼를 해서 양심을 팔아 번 돈이다.

'단지 돈이 아니라 미래야.'

오늘 하루 종일 도장 자리를 찾아 함께 돌아다닌 희진과 마동식의 얼굴이 주마등처럼 스쳐 지나갔다.

'가능성은 있어.'

비밀번호다.

아버지는 비밀번호를 모른다.

송염은 통장을 들고 은행 365코너로 뛰기 시작했다.

"……."

빨랐던 송염의 걸음이 조금씩 늦어졌다.

"빌어먹을……."

아버지는 비밀번호를 알고 있었다.

0716.

전 세계에서 송염과 아버지만 아는 그 숫자. 어머니의 생일이다.

ATM기 앞에선 송염은 떨리는 손으로 현금카드를 투입구에 밀어 넣었다.

잔액조회를 누르고 결과가 나타나는 불과 몇 초의 시간이 영원처럼 길게 느껴졌다.

"……."

예상은 한 치도 빗나가지 않았다.

아버지는 알뜰살뜰하게 잔액 5,427원만 남기고 통장 안의 모든 돈을 쓸어 사라졌다.

송염은 식당으로 향했다.

그리고 놀라는 친구들에게 사정을 설명했다.

마동식과 희진은 오히려 돈보다 아버지를 더 걱정해 주었다.

"오죽하면 말도 없이 그렇게 하셨겠냐. 신경 쓰지 마라."

"그래 오빠. 무슨 사정이 있으셨겠지. 큰일 아니었으면 좋겠다."

두 사람의 그런 반응이 오히려 송염을 더욱 부끄럽게 만들었다. 마치 자신이 불효자가 된 것 같은 기분이 들었다.

오히려 두 사람이 실망하고 송염을 원망했으면 마음이 편할 것 같았다.

'나는 위로해 주는 사람이라도 있지.'

크리스티나가 울고 있던 모습이 떠올랐다.

그녀는 머나먼 타국에서 뜻밖의 상황을 맞아 어쩔 줄 모르고 있었다.

"미안하다. 그리고 고맙다. 먼저 일어나야겠다."

"괜찮겠냐? 음식도 시켰는데 술이나 하자."

"아냐. 크리스티나가 혼자 있어."

송염은 집으로 향했다.

컴퓨터 앞에 앉아 있던 크리스티나가 화들짝 놀라 송염을 보았다.

"왔… 어. 오빠."

등 뒤로 숨긴 크리스티나의 손에 커다란 쵸코바가 들려 있었다. 입속에도 아직 넘기지 못한 쵸코바가 들어 있었다.

지금껏 크리스티나를 걱정했던 자신이 바보가 된 것 같다.

크리스티나의 부자연스러운 행동에서 송염은 모든 사실을 깨달았다.

확인을 위한 질문은 하나로 족했다.

"너, 에스토니아에서 스타퀸, 봤지."

대답도 하나로 족했다.

"응."

빌어먹을 부녀 사기단.

처음부터 노리고 온 것이다.

다리에 힘이 풀려 주저앉은 송염 옆으로 크리스티나가 다가왔다.

"미안해."

"관둬라. 부모님 이야기는 사실이냐?"

"성모님께 맹세코 사실이야."

크리스티나가 무언가를 내밀었다. 낡고 허름하고 심플한, 꼭 지금 송염이 차고 있는 것과 비슷한 모양은 반지였다.

"아빠가 돈 대신이래."

"……."

솔직히 고백하자면, 반지를 받아든 순간 송염은 아버지에 대한 미움이 송두리째 사라지는 느낌을 받았다.

반지는 팔찌와 쌍인 것처럼 닮았다.

송염은 마음속으로 소리쳤다.

'파워!'

아쉬운 점은 있었다. 반지는 너무 작아 송염의 다섯 손가락 어디에도 들어가지 않았다.

'크기야 키우면 되지.'

신경을 너무 썼더니 기가 빠지고 맥이 풀렸다.

술 한 잔이 절실했다.

나가려다 보니 크리스티나가 토끼눈을 뜨고 바라보았다.

'저거 생김새와 달리 완전히 여우야, 여우.'

그래도 어쩌랴.

송염은 물었다.

"갈래?"

"응."

송염은 크리스티나를 데리고 친구들이 있을 식당으로 돌아갔다.

Chapter 26
반지의 주인

날이 밝자 크리스티나는 찾아온 희진과 함께 서울 구경을
나갔다.

그리고 송염은 금은방으로 달려갔다.

"이 반지 좀 키워주세요."

"5,000원입니다."

"네."

인상 좋은 금은방 사장이 아무 일도 아니라는 듯 송염의 손
가락 사이즈를 잰 다음 반지를 긴원뿔 모양의 막대에 끼워 넣
고 작은 망치로 톡톡 두드렸다.

금장 금은방 사장의 인상이 변했다.

그는 조금 더 세게 때렸다.

톡톡히 툭툭으로 툭툭이 쿵쿵으로 변했다.

"이거 은 아닌데? 뭐로 만든 거죠?"

"저도 은인 줄 알았는데요? 아닌가요?"

반지가 팔찌처럼 특별한 금속으로 만들어졌다는 사실을 눈치를 챈 송염은 시치미를 떼고 되물었다.

"아, 몰라요, 안되네요. 더 세게 때리면 깨질지도 몰라요."

"그래요. 상관없으니 더 세게 때려주세요."

"전 책임없습니다."

금은방 사장이 책임질 일은 없었다. 얼굴이 붉어지도록 내려쳤지만 반지는 아무런 변화도 보이지 않았다.

금은방에서의 결과는 놀라움과 실망을 동시에 가져다주었다.

"뭐냐. 분명 버퍼와 관련된 도구인 건 맞는데……. 손에 못 끼면 쓸 수 없잖아."

우선 시험이 필요했다.

송염은 강철중에게 전화를 걸었다.

"잘 잤냐?"

"지금 몇 신데 잠 타령이야."

"부탁 하나 하려고……."

"해라."

"일전처럼 오늘 저녁에 전기로를 좀 썼으면 해서."

"잠깐. 작업 일정 좀 확인해 보고……. 그래, 오늘 잔업 없다. 와라."

그러고 보니 요즘 들어 강철중과 많이 어울렸다. 항상 바빴던 때에 비해 한가해진 모습이 신경 쓰였다.

"나야 다행이긴 한데. 요즘 안 바빠?"

"조금……. 뭐 다들 어렵잖냐."

"그래. 알았다. 이따 저녁에 보자."

전화를 끊은 송염은 이번에는 마동식에게 전화를 걸었다.

"오늘 특별히 일 있어?"

"없다. 너도 알다시피 백수다."

"그럼 바람이나 쐬러 가자."

"어디로?"

"어디 한 군데 들렀다가 철중이 공장이나 다녀오자."

"알았다."

"기다려라. 데리러 갈게."

송염은 주머니에서 키를 꺼내 눌렀다.

삑!

주차되어 있던 하얀색 중형자동차의 깜빡이가 몇 번 깜빡

거렸다.

"그나마 요놈이라도 남았으니……."

이 중형승용차는 스타퀸에 출연하고 받은 상품이다.

"처분해야 하나?"

송염은 잠시 고민했다.

문수파에서 유일하게 운전을 할 줄 아는 사람이 송염이라 잠시 맡아두고 있기는 했지만 당장 유지비가 문제였다.

그나마 아버지가 통장의 돈을 쓸어가기 전에 보험을 들어둔 것이 천만다행이었다.

"아~ 몰라 다음에 생각해."

송염은 마동식을 싣고 우선 고양시로 향했다.

그렇게 달려 도착한 곳은 백제 납골당. 바로 송염의 어머니의 유골이 안치된 곳이었다.

송염은 입구에서 소주 한 병과 꽃 한 송이를 샀다.

"우리 어머니다."

"……."

"아버지 본 이야기하고 여동생이 생긴 이야기 좀 해주려고."

"너 자주 오나보다."

"아니? 근 6개월 만에 왔다. 정말 불효자지."

"그럼 이건 뭐냐?:

마동식이 유골항아리 한편에 놓여 있는 꽃다발을 가리켰다. 꽃봉오리가 아직 시들지 않은 것으로 보아 불과 하루 이틀 전에 가져다 놓은 꽃으로 보였다.

천애 고아나 다름없는 송염에게 달리 어머니를 찾아줄 친척은 없었다.

'아버지.'

아버지가 분명했다.

복잡한 마음을 가지고 송염은 차를 돌려 부평으로 향했다.

창밖으로 흘러가는 풍경을 말없이 바라보고 있던 마동식이 툭 한마디를 내뱉었다.

"좋다."

"뭐가?"

"차도, 너도, 풍경도……."

"실없기는……."

"염아."

"말해라."

"너무 조급해 하지 마라."

"……."

"어차피 빈손으로 왔다가는 세상이다."

잠시 침묵이 흘렀다.

알고 있다. 동식에 비하면 자신은 너무 행복하다. 한 번도 배를 곯아본 적도 없고 추위에 떤 적도 없다.

"넌 이미 우리들의 리더다. 그 사실을 잊지 마라. 네가 흔들리면 우리도 흔들린다. 우리의 미래는 네 손에 달렸다."

송염은 마동식이 말하는 우리가 누구일까 생각해 보았다.

'동식이, 희진이 그리고 철중이와 크리스티나.'

거기에 자신을 더하면 모두 다섯 명.

'무슨 독수리 오형제도 아니고…….'

무슨 상관이랴.

송염은 자신이 불행하지 않다고 생각했다. 그러기에는 가진 것이 너무 많았다.

친구, 여동생, 버프…….

'돈만 없네?'

돈은 벌면 된다.

필요한 건 의지뿐이다.

저녁을 먹고 송염과 강철중, 그리고 마동식은 전기로 앞에 섰다.

"아버지에게 안 가봐도 돼?"

"이젠 힘들 것 같아. 날 알아보지도 못하셔서 호스피스 병동으로 옮겼어."

"……."

"……."

"그리고 네놈이 뭘 하는지도 궁금하기도 하고."

"믿을지 안 믿을지 모르겠지만 솔직히 나도 뭘 하는지 모른다."

송염은 망설이지 않고 반지를 용해로에 던졌다.

팔찌의 경우에서는 불과 10초 만에 아버지의 영상이 나타났었다.

하지만 10초가 넘어 1분이 지났지만 반지에서는 아무런 영상이 보이지 않았다.

"아무렇지도 않네?"

"다음 변화 시간은 한 시간 뒤야."

지루한 기다림의 시간이 지나고 팔찌의 경우처럼 용해로를 가득 채운 빛이 생긴 다음 그 빛이 허공에 한 남자의 모습을 그려냈다.

"헤르메스 트리스메기스토스(Hermes Trismegistos) 연금술사지. 내 팔찌의 전 주인이기도 하고."

송염는 헤르메스 트리스메기스토스의 등장에 놀라지 않았다.

아버지는 팔찌를 찾은 에스토니아로 돌아갔고 당연히 그곳에서 반지를 입수했을 것이기 때문이다.

송염은 헤르메스 트리스메기스토스의 말을 놓치지 않기 위해 스마트 폰으로 녹화를 시작했다.

헤르메스 트리스메기스토스의 말은 길지 않았다.

그는 반지의 위험함을 역설했고 이 반지가 인간이 아닌 '것'의 소유임을 누차 주장했다.

영상이 사라지고 또다시 기약 없는 기다림이 시작되었다.

지루함을 참지 못한 강철중이 질문을 던지기 시작했다.

"얼마나 달궈야 하지?"

"대충 새벽까지?"

"휴~ 정말 놀라운 일이야. 그런데 저 사람이 말한 인간이 아닌 것은 뭘까?"

"나도 모르지. 뭐, 고대의 유산이라고 했으니 아틀란티스나 뮤 대륙쯤 될까?"

"아틀란티스나 뮤 대륙은 사라졌다고 전해지긴 하지만 인간이 이룩한 문명인데?"

"상관없잖아. 그것들이 뭐였든지 간에 어차피 지금은 멸종했겠지. 아니면 인간들이 이렇게 활개를 치고 지구의 주인이 되진 못했겠지."

"하긴. 그것들이 모두 팔찌를 차고 있었다고 가정하면 끔찍하다."

"크크크크, 다행이지."

"뭐가?"

"하나뿐이고 그게 내 손에 있으니 돈을 벌 수 있잖아 많이 있으면 돈이 되냐?"

"하긴, 크크크크."

"크크크크."

송염과 강철중은 웃음을 터뜨렸다.

웃음에 동참하지 못하는 사람도 있었다.

두 사람의 대화를 듣고 있던 마동식이 머리를 벅벅 긁으며 물었다.

"무슨 소리냐. 도저히 이해할 수 없다. 아틀란티스는 뭐고 뮤 대륙은 또 뭐냐."

대답은 송염이 했다.

"책 봐."

창문이 어렴풋이 밝아지며 멀리 또 하루의 태양이 솟아오르기 시작했다.

송염은 길다란 갈고리를 찾아 팔찌의 경우처럼 끈처럼 변한 반지를 꺼냈다.

"뒤로 물러나라."

"……"

"……"

두 사람을 뒤로 물러나게 한 송염은 천천히 손가락을 반지에 가져다 댔다. 역시 뜨겁지 않았다.

반지는 팔찌의 경우처럼 원래의 색인 유백색을 잃지 않았다.

팔찌에 비해 작기는 하지만 정교하고 날카로운 두 개의 하얀 독니와 루비로 만든 것 같은 붉은 눈.

긁어내면 당장에라도 벗겨질 것 같은 반투명한 비늘을 한 뱀의 형상마저 똑같았다.

"간다."

"……."

"……."

송염은 반지를 손가락에 감았다.

"세상에……."

"……."

강철중과 민동식이 탄성을 내질렀다.

그도 그럴 것이 반지 뱀은 팔찌 뱀과 같이 살아 있는 생명체처럼 꿈틀거리며 송염의 오른손 집게손가락을 감싸고 돌더니 손가락을 아홉 바퀴 감고는 멈췄다.

역시나 반지 뱀도 자신의 꼬리를 물고 있었다.

그리고 그 순간이 다가왔다.

반지 뱀이 녹아내렸고 곧 손가락으로 흡수되었다.

송염은 두 번째 느끼는 바늘로 온몸을 찌르는 듯한 격렬한 추위와 함께 의식을 잃었다.

이번에는 공장사람들에게 둘러싸여 깨어나는 비극은 없었다.

송염이 눈을 뜬 곳은 공장 한편에 있는 작은 휴게실이었다.

"괜찮냐?"

"……."

강철중과 마동식이 각자의 표현 방법으로 송염을 걱정했다.

"괜찮아. 그런데?"

손가락에 반지가 없었다.

강철중이 반지를 내밀었다.

"여기……. 너 기절하고 두 시간쯤 지나니까. 저절로 벗겨지더라."

송염은 놀라지 않았다.

이미 그는 반지가 벗겨진 이유를 알고 있었다.

"쩝, 이놈이 팔찌와 세트는 맞는데……."

"맞는데 뭐?

"……."

"동시에 두 개를 찰 수 없대."

"크~ 그게 뭐야."

"……."

송염은 하늘이 무너져라 한숨을 내쉬었다.

"말 그대로야. 난 찰 수 없어. 대신 이 반지에는 엄청난 기능이 담겨 있어."

"무슨 기능?"

"……."

"이 팔찌는 힐러용 반지야. 말 그대로 힐러가 차고 힐을 줄 수 있는 반지지."

이해를 못한 강철중은 입을 다물었고 대신 마동식이 입을 열었다. 마동식은 얼마 전 습격 사건 덕분에 힐의 존재와 기능에 대해 알고 있었다.

"네 팔찌에도 셀프 힐이 있잖아."

"맞아. 하지만 셀프 힐은 내 스스로를 위해 사용하는 거고 이 반지의 힐은 남을 주는 거야."

그때 강철중이 끼어들었다.

"가만. 힐이 뭔데?"

"사람을 고쳐주는 힘."

"사람을 고쳐준다고? 세상에……. 염아. 그 반지 나주면 안 돼? 우리 아버지 좀 고치자."

강철중의 표정은 간절했다.

"나도 제일 먼저 그 생각을 했어. 하지만 아마도 불가능할 것 같아."

"왜? 왜? 사람을 고친다며?"

"그게 말이야. 내 팔찌와 이 반지는 제약이 많아. 다른 건 관두고 요점만 말할게. 반지의 힐은 기본적으로 체력을 채워주는 힘이야. 그리고 외상만 고칠 수 있어."

"…그럼… 암은 안 된다는 말이네."

"안 됐지만… 그래."

"……."

잠시 희망에 부풀었던 강철중의 표정이 어두워졌다.

그 모습이 안타까웠던 송염이 말했다.

"그래도 네가 힐을 수련하려면 사용해도 돼."

그리고 마동식에게 동의를 구했다.

마동식은 흔쾌히 승낙했다.

"나도 상관없다."

강철중이 고개를 저었다.

"아냐. 솔직히 말해서 나도 그 반지를 가지고 싶어. 그래서 너희들과 함께 수련도 하고 모험도 하고 싶어. 하지만 그러기엔 아버지가 걸려."

"이해한다."

"……."

태생부터 선하고 굼뜨고 느리지만 한없이 정 많고 따뜻한 사람이 바로 강철중이다.

그런 그가 병석의 아버지를 팽개치고 자신의 행복을 찾아 떠나는 모습이 상상되지 않았다.

"그럼 이제 남은 것은 동식이 너뿐이다. 네가 수련해라."

마동식이 굳은 표정으로 대답했다.

"싫어, 안 돼."

"싫어는 뭐고 안 돼는 뭐냐?"

마동식은 우선 '싫어'의 의미를 설명했다.

"너희, 내가 뒤에 서서 남의 체력을 채워주는 모습이 상상이 가냐?"

"……."

"……."

절대로 안 간다.

마동식은 온라인 게임으로 말하면 전형적인 딜러 타입이다. 빠르고 강하게 데미지를 주지만 체력은 약한. 물론 마동식은 체력도 강한 변태 딜러긴 하다.

"그럼 안 되는 건가?"

"말 그대로다. 너 벌써 잊었냐? 네 팔찌나 그 반지의 기는 내가 수련하는 기와 성질이 다르다. 내가 반지를 끼게 되면 내 사문의 무술을 버려야 할지도 모른다."

마동식이 말을 마치자 강철중이 송염에게 물었다.

"쟤 원래 저렇게 말을 잘했냐?"

"요새 책 많이 본단다."

"큭!"

어쨌든 결론적으로 마동식도 반지에 부적합이다.

"남은 건 희진이네. 희진이 주자."

"찬성."

"나도 찬성이다."

희진의 의향도 묻지 않고 반지의 주인이 정해졌다.

Chapter 27
힐러

쇠뿔도 단김에 빼라고 했다.

그날 밤 영문도 모르고 희진이 부평의 공장으로 납치되어
왔다.

"연약한 여자를 이렇게 함부로 대해도 되는 거야?"

"좋은 것 주려고 그런다."

송엽은 반지에 대해 설명해 주었다.

희진은 놀라면서도 이상한 포인트에서 화를 냈다.

"놀라워. 정말 놀라워. 하지만 그런 일이 있었는데 말도 안
하고 지나갔단 말이지?"

여기서 그런 일이란 송염과 마동식이 습격당한 사건을 말한다.

힐에 대한 개념을 설명하느라 어쩔 수 없이 그 사건을 언급할 수밖에 없었다.

"네가 걱정할까 봐……."

"……."

"다름부터 또 그러기만 해봐. 그런데 말이야. 흠……. 나 좀 그렇네."

의외로 희진은 반지를 거절했다.

"왜? 넌 무술도 안 배웠고 아픈 아버지도 안 계시고 팔찌를 가지고 있지도 않잖아."

각 사람마다 안 되는 이유를 나열하다 보니 송염은 희진이 망설이는 이유를 알 수 있었다.

"크리스틴 때문이구나."

"…맞아."

송염은 희진의 마음을 이해할 수 있을 것 같았다. 착하기만 한 희진이다.

그녀는 부모의 얼굴을 본 적이 없는 크리스티나에게서 자신의 어린 시절을 투영하고 있었다.

'크리스티나…….'

근본적으로 송염이 겪어본 크리스티나는 착한 아이다. 그리고 4개 국어의 위험에서 보듯이 매우 똑똑한 아이기도 했다.

'힐러에 어울릴까?'

자문해 보았지만 대답은 '아니다'였다. 아버지가 통장을 들고 날은 뒤 크리스티나가 울고 있었던 모습이 머리에서 떠나지 않았다.

아마도 고아 특유의 버림받지 않으려는 본능적인 노력이었을 것이다.

착하긴 하지만 영악한 아이.

결론은 내려졌다.

송염은 단정적인 어조를 사용해 말했다.

"크리스틴은 힐러에 어울리지 않아."

"그… 그래도……."

송염은 희진에게 반지를 내밀었다.

"결정은 내려졌어. 이 반지는 희진이, 네 거야."

희진이 송염의 눈치를 살피더니 반지를 받아 들었다.

"알, 알았어. 오빠."

반지를 용해로에 넣고 잠시 희진이 화장실을 간 사이 강철중이 말했다.

"대단하더라. 너에게 그런 단호한 면이 있는 줄 몰랐다."

"쩝, 아무도 안 하려는데 어떻게 하냐?"

"근데 너 희진이에게 미움 받아도 상관없어? 아까 보니까 눈시울이 뜨거워지는 것 같던데……."

"……."

그 생각을 못했다.

송염은 자신의 무심함을 머리를 두드림으로 응징했다.

쿵!

"바보."

그런 송염의 행동을 보고 있던 마동식 말했다.

"희진이 방이 왜 비밀인지 모르지?"

"……. 무슨 의미냐?"

"알 거 없다. 어쨌든! 너, 큰일 났다. 의외로 희진이 뒤끝 죽인다."

"크……."

일련의 과정을 거쳐 희진은 반지의 주인이 되었다.

반지의 주인이 된 희진이 얻은 능력은 단 한 가지.

―피스. Lv1

액티브 버프.

대상의 마음에 평화가 깃들게 만들어 공격 욕구를 사라지게 만든다.

하루에 다섯 번 쓸 수 있다.

반지 소지자의 위치를 기준으로 밤 12시 사용횟수가 리셋
된다.

팔찌의 스톤스킬처럼 반지 고유의 스킬이다.

"이게 뭐야. 힐러라며? 힐을 쓸 수 있다며?"

희진이 불만을 터뜨렸다.

"어쩔 수 없어. 하지만 이제부터 수련을 하면 정식 힐러가
될 수 있을 거야."

"뭐, 오빠가 그렇게 말하면 그런 거겠지만……. 근데 혹시
그 수련이란 거……."

"맞아. 너도 다듬이 방망이로 나 많이 수련시켜 줬잖아."

"……."

"내가 해줄게. 걱정 마. 하도 많이 기절해서 이젠 도가 텄
다."

"싫어! 절대 싫어!"

희진은 격렬하게 반항했다.

송염도 굳이 희진을 기절시키면서까지 빠르게 힐러의 스
킬을 찾게 만들고 싶지 않았다.

'던전에 레이드 가는 것도 아니잖아. 현실에 힐러는 무

슨······.'

하지만 그것은 송염의 오판이었음이 멀지 않은 미래에 드
러나게 된다.

Chapter 28
문수파

그날 이후 송염은 일주일 동안 바쁘게 움직였다.

그리고 토요일 저녁, 회의를 소집했다.

참석자는 송염을 비롯해서 마동식, 강철중, 마희진, 크리스티나 송이었다.

분위기는 엄숙했다.

네 사람은 진지한 표정으로 송염을 바라보았다.

"다들 알다시피 나와 크리스틴의 잘난 아버지가 돈을 들고 튀셨다."

"……."

"......."

"......."

"......."

송염은 고개를 끄덕이는 일행을 바라본 후 말했다.

"그래서 문제가 생겼다. 당초 우리 계획은 도장을 세우는 것이었다. 그래서 문수파의 이름으로 문수권을 세상에 알려 돈! 바로 떼돈을 벌 생각이었다."

송염의 목소리는 점점 연설조를 띠어만 갔다.

"이 계획이 물거품이 된 지금 우리의 재정 상태는 심각한 위기에 봉착했다. 단적인 예로 난 당장 다음 달 관리비와 공과금 낼 돈도 없다. 이 모두가 다 잘난 나와 크리스틴의 아버지 덕이다."

강철중이 손을 번쩍 들었다.

"말해도 돼?"

"된다."

"내게 여윳돈이 좀 있어. 그 돈 빌려줄게. 갚는 게 부담되면 그냥 주는 걸로 해도 좋아."

강철중의 말이 끝나기가 무섭게 송염은 주먹으로 바닥을 내려쳤다.

꽝!

"불가!"

"이유를 말해봐."

"너도 요즘 힘든 것 안다. 일전 네 공장에 갔을 때 작업 현황표가 텅텅 비어 있는 걸 봤다."

"……."

송염은 의식적으로 딱딱하게 끊어 말하던 어조를 원래의 말투로 바꾸었다.

"마음은 고맙게 받을게. 하지만 따로 생각해 둔 방법이 있어."

"아……. 알았어."

송염은 다시 말투를 바꿔 말했다.

"그래서 도둑을 아버지를 둔 죄로 나는 이렇게 결정했다. 일단 전세보증금을 뺀다. 다행히 부동산에 알아봤더니 방은 금방 나간다고 했다. 그 돈으로 오대산의 움막을 고친다. 이 일도 이미 원래 땅주인의 동의를 이미 얻었다. 다만 한 달에 땅 임대료로 30만 원씩을 내야 한다."

이번에는 희진이가 손을 번쩍 들었다.

"말해도 돼?"

"말해."

"왜, 그렇게 딱딱하게 말해?"

"문제의 심각성을 알려주기 위해서다."

"다 아니까 어깨에 힘 풀어. 오빠의 장점은 상대를 짓누르는 카리스마가 아냐. 다른 사람의 아픔을 보듬어 줄 수 있는 따스함이지."

"응."

원래부터 희진의 말은 도무지 거역할 수 없는 힘을 가지고 있었다.

그리고 그런 점은 공장 사건 이후 희진이 송염을 소 닭 쳐다보듯 함으로서 극대화되었다.

"본론으로 돌아가서, 다 좋아. 그런데 오대산으로 들어가는 사람은 누구누구야?"

"나와, 동식이 그리고……."

송염은 크리스티나를 바라보았다.

"내년 학기가 시작될 때까지 크리스틴."

희진이 송염을 흉내 내서 바닥을 쳤다.

짝!

"불가!"

"왜?"

"아직 한국 생활에도 어두운 애를 적응시킬 생각은 안 하고 산속으로 끌고 들어간다고? 게다가 거기에 세 깡패, 아니 지금은 마삼트리오지."

마동식이 끼어들었다.

"정확히는 마삼트리오가 아니라 백두단이다."

"시끄러. 지금 그게 중요한 게 아니잖아."

"……."

단숨에 마동식까지 제압한 희진은 송염을 노려보았다.

"어쨌든 그런 남자들이 득실거리는데 크리스틴을 데려가는 건 절대 안 돼."

"그럼 지낼 곳이 없는데?"

"어차피 오빠가 산으로 가면 우리 집에 나 혼자야. 같이 지내면 돼. 괜찮지, 크리스틴?"

"응, 언니."

크리스티나가 반색을 했다.

지은 죄가 있어 반론도 못 꺼내고 있다가 밝은 광명을 받은 느낌인 모양이었다.

"그럼 그것으로 결정."

희진은 다시 한 번 손을 내려침으로 발언을 끝냈다.

송염은 헛기침을 한 번 한 후 말했다.

"큼……. 그럼 그렇게 결정한다."

말을 끝나기가 무섭게 희진이 끼어들었다.

"힘 풀라고 했지."

"응."

송염은 구겨진 체면을 가까스로 추슬러 말했다.

"그래서 말인데……. 남은 세 사람이 해줄 일이 있어."

해줄 일이란 말에 강철중이 얼른 손을 들었다. 강철중은 약간은 자신이 소외받는다는 느낌을 받고 있었다.

그래서 도움이란 말이 반갑기까지 했다.

"뭔데?"

"홍보."

"홍보? 무슨 홍보?"

"문수파 홍보. 우리가 오대산에 도장을 열었다는 걸 티 나지 않게 인터넷상에 홍보해 주면 돼."

"그러니까 도장을 오대산에 열겠다는 말이구나. 그런데 누가 올까? 거긴 버스 내려서 올라가는 데만 세 시간 걸린다며."

"맞아. 그래도 올 사람은 와. 나름 알아보니까 지금도 지리산이나 설악산 같은 곳에서 토굴 파고 도를 닦는 사람들이 있더라고. 그리고 무술에 미친 사람도 많고. 방학 때면 대학생들도 받을 수 있을 거야."

"놀러가도 되지?"

"당연하지. 너도 우리 일원이야. 그 뭐라더라. 너 좋아하는 온라인 게임 있잖아. 그 속에서 캐릭터들이 모여 사냥하는 걸 파티라고 하더라. 바로 우리가 그 파티야."

송염의 말대로 온라인 게임 마니아인 강철중의 눈빛이 반짝 반짝 빛났다.

"그럼 넌 버퍼, 희진이는 힐러, 동식이는 딜러. 난?"

"……."

막상 질문을 받으니 대답하기 힘들었다.

송염 대신 대답을 해준 사람은 크리스티나였다.

"당연히 탱커죠. 덩치 하나로 완벽한 탱커예요. 그리고 전 서브 딜러."

크리스티나는 뜻밖에 온라인 게임 용어를 잘 알았고 있었다.

궁금해진 송염은 물었다.

"너 혹시 온라인 게임하니?"

"당연하지. 난 도둑만 키워."

듣고 보니 어쩐지 이미지가 비슷했다.

파티 속의 각자의 역할이 정해짐으로서 회의는 끝났다.

송염은 집을 복덕방을 통해 내놓았고 크리스티나는 희진의 집으로 이사했다.

오대산으로 출발하기 전 배웅을 온 강철중에게 송염은 A4지 한 장을 건네주었다.

"이게 뭐야?"

"작전 계획서."

"작전 계획서?"

"문수파의 존재를 자연스럽게 드러내는 시나리오가 적혀 있어."

"……."

잠자코 송염의 작전 계획서를 읽고 난 강철중이 송염에게 물었다.

"너, 컴퓨터로 도대체 뭐하고 놀았냐?"

"알지 마라. 알면 다친다. 너무 튀지 말고 희진이랑 크리스 틴이랑 팀을 짜서 잘해라."

"알았어."

"그리고 희진이 크리스틴 잘 부탁한다."

"걱정 마. 난 탱커잖아, 적의 공격을 몸으로 받아내는."

"하하하하. 맞다, 넌 탱커다. 내가 괜한 걱정을 했다."

송염은 안심하고 오대산으로 떠났다.

김태호는 눈을 질끈 감았다.

"간다."

"말하지 말고 하십시오."

"알았어. 간다."

"……."

조덕구가 다듬이 방망이를 휘둘렀다.

딱!

만화의 한 장면처럼 눈앞에 별똥별이 번쩍거렸다.

"악!"

김태호는 손바닥으로 관자놀이 인근을 열심히 문질렀다. 탁구공만 한 혹이 만져졌다.

혹은 하나가 아니었다.

"아~ 형님, 아니, 사형. 왜 이렇게 못 때립니까?"

"내가 일부러 그런 건 아니잖냐. 나도 죽겠다."

그러는 조덕구의 관자놀이 주변도 온통 솟아난 혹투성이었다.

백두단의 스승 마동식은 오대산에 머물던 일주일 동안 그들을 직접 수련시켜 주었다.

처음에는 워낙에 황당한 방법이라 반발도 있었지만 마동식이 반발 따위를 신경 쓸 위인이 아닌 이상 별문제는 없었다.

수련 방법은 확실히 효과가 있었다.

기절하고 깨어날 때마다 몸속의 기가 점점 더 선명하게 느껴졌고 조금씩 강해졌다.

하지만 마동식이 오대산을 떠나고 나서가 문제였다.

수련 방법은 간단히 말해 기절시키기.

마동식은 다듬이 방망이의 효능을 강조하며 백두단에게 적극 추천했다.

"내가 봐서 아는 데 직방이다."

그런데 현실은 마동식의 말과 달랐다.

다듬이 방망이의 모양은 기본적으로 배가 불러 있다. 그래서 휘둘러 때리면 아주 정확하지 않는 이상 관자놀이에 명중시키기가 매우 어려웠다.

서로를 때려 잔뜩 혹이 난 백두단이 항의하자 마동식이 이런 명언을 남겼다.

"이상하다, 희진이는 자유자재로 한 방이던데."

그리고 이런 명언도 남겼다.

"될 때까지 해."

마동식이 던진 무책임한 말의 그 결과가 혹으로 나타났다.

그래도 수련(?)한 보람은 있어서 이젠 열 번 때리면 한 번은 성공(?)시킬 수 있는 경지에 올랐다.

기뻐해야 할지 슬퍼해야 할지 모를 상황이다.

조덕구가 다시 한 번 다듬이 방망이를 들어 올릴 때 김태호가 저 멀리서 산을 올라오는 두 명의 남자를 발견했다.

"형님, 스승님하고 장풍맨 옵니다."

"그래? 너 얼른 폭포에 가서 막내 데려와라."

"알겠습니다."

스승 마동식에게 정중하게 인사한 후 조덕구가 송염에게
물었다.

"어쩐 일이십니까?"

백두단은 스타퀸을 본 덕분에 송염의 정체가 은둔 고수가
아니라고 믿고 있었다.

'우리랑 다를 게 없잖아. 게다가 기초의 기초도 못 배웠다
고 했고.'

그것이 백두단의 솔직한 심정이었다.

송염이 대꾸했다.

"도장을 열러."

"도장요?"

"우리 문수파의 도장 말이야."

"듣기론 송염님은 문수파의 무술을 못 배운다고 알고 있는
데요."

송염은 마동식을 째려보았다. 방송을 봤을 테니 대충 예상
은 했지만 그런 말까지 했을지는 몰랐다.

마동식이 슬며시 시선을 피했다.

항상 과묵해 보이는 마동식이지만 의외로 입이 싼 면이 있

었다.

송염은 준비해둔 대답으로 응수했다.

"난, 고문이다."

"고문요?"

"그래, 고문!"

"문수파 무술도 못 배우고 위력도 없는 장풍만 쓸 수 있는데 고문이라니요."

말문이 막혔다.

백두단의 맏이답게 조덕구의 질문은 토씨 하나 반박할 수 없을 만큼 날카로웠다.

'이럴 때 쫜 하고 쓸 수 있는 버프가 있어야 하는데…….'

하지만 현실은 시궁창.

쓸 수 있는 버프야 여러 종류 있지만 정작 이 상황에서 쓸 수 있는 버프가 없다.

하지만 송염은 이런 난국을 타개할 한 가지 방법을 알고 있었다.

인류 역사를 관통해서 권력자에게 언제나 사랑받고 언제나 효과가 좋았던 바로 그 방법.

폭력이다.

송염은 마동식에게 말했다.

"패!"

"응?"

"패!라!고!"

"……."

마동식은 송염의 부탁(?)을 충실히 이행했다.

퍽!

"악!"

퍼벅!

"꾸엑!"

퍼버벅!

"아아악!"

종류도 다양한 구타음과 비명 소리가 조용했던 오대산 중
턱의 적막을 깨웠다.

잠시 후 백두단은 얼굴이 보랏빛을 곱게 물든 채 송염 앞에
정렬했다.

"내가 누구냐?"

세 명이 한목소리로 합창했다.

"고문님이십니다."

송염은 다시 물었다.

"고문의 문파에서의 위치는?"

"스승님과 동급 혹은 그 이상입니다."

"정확하다. 명심하도록."

"알겠습니다, 고문님."

매를 줬으니 이제 상을 줄 차례다.

송염은 천천히 백두단 앞으로 다가가 손을 뻗으며 마음속으로 외쳤다.

'윈드 볼. 윈드 볼, 윈드 볼.'

송염과 백두산이 거리는 불과 1미터도 안됐다.

게다가 손까지 뻗었으니 손바닥과 백두단의 가슴과의 거리는 불과 30센티 남짓. 게다가 백두단은 방심까지 하고 있었다.

쿵!

쿵!

쿵!

백두단 세 명이 나란히 엉덩방아를 찧고 뒤로 주저앉았다.

그 모습을 내려다 본 송염은 팔짱을 끼고 말했다.

"장풍 배우기 싫어?"

장풍의 위력을 몸소 체험한 백두단이 소리쳤다.

"아… 아닙니다, 고문님."

"배우고 싶습니다. 죽이는데요."

"가르침을……."

송염은 마무리로 며칠 전 읽은 책의 구절을 읊었다. 어려운

말로 소위 기를 죽이려는 목적이다.

"문수파에는 장풍이 없다. 나는 장풍을 알지. 이종목 간의 융합은 요즘 경제의 화두야 화두!"

그런데 놀랍게도 조덕구가 송염의 말을 이해했다.

"마치 퓨전요리군요. 알겠습니다, 고문님."

깡패 출신 치고는 의외로 똑똑한 친구다.

'딱 총무네, 총무.'

송염이 내린 조덕구에 대한 평가였다.

Chapter 29
작전성공

Buffer

이종격투기 카페는 사라진 문수파에 대한 루머로 몸살을 앓고 있었다.

─국정원에서 격투술 지도관으로 스카우트 해갔다는 소리를 친구가 형에게 들었답니다.

─제가 들은 소식과는 다르군요. 제 동생의 친구가 홍대 근처에서 간판집을 하는데 이번에 문수파 간판 의뢰를 받았답니다. 아마도 곧 도장을 열 모양입니다.

─윗분 정확한 위치를 알 수 있을까요? 도장에 등록하고

싶어서 그럽니다. 일찍 등록하면 선배니 혜택도 있겠죠?

—크…… 잘못된 정보를 알려드려서 죄송합니다. 다시 알아보니 기존에 있던 주짓수 도장이 문수파로 이름을 바꿨답니다.

—그래도 되나요? 도용 아닌가요?

—모르죠. 그런데 요즘 생기는 도장마다 전부 문수파 명판을 달더군요.

—무술인의 한 사람으로서 부끄럽네요.

—워낙 우리나라 무술의 기반이 허약하니까요.

—하긴 태권도와 해동검도 빼면 이렇다 할 도장이 없죠. 다양성 측면에서 정말 슬픈 일입니다.

—일제 강점기를 거쳐 오면서 우리 무술의 싹이 뭉개진 슬픈 역사 때문이죠.

—우리나라에도 옛날에는 문수파와 같은 고무술이 훨씬 많았겠죠?

—당연합니다. 신라의 화랑, 백제의 싸울아비, 고구려의 조의선인들이 마구잡이로 싸웠다고는 생각하지 않으시겠지요?

—그런 의미에서 빨리 문수파가 도장을 열었으면 좋겠습니다. 전 집이 부산이지만 서울이라도 올라가 등록하고 배울 생각입니다.

—전 원주입니다. 가서 짜장면 배달을 하더라도 등록할 생

각입니다.

　―대학에서 유도를 배우는 학생입니다. 전 휴학할 각오를 하고 있습니다.

　―하긴 조르기에서 떨어지지만 않아도 유도에 혁명이 일어나겠군요.

　논란의 와중에 사진 한 장과 함께 올라온 한 게시글이 사람들의 이목을 끌었다.

　네티즌들의 주의를 끈 것은 도복만 입고 맨발로 줄지어 산을 뛰어 오르는 다섯 남자의 모습을 찍은 사진이었다.

　게시물을 올린 ID 탱크는 다음과 같이 주장했다.

　―며칠 전 오대산 산행을 하고 있었습니다. 그때 찍은 사진입니다.

　무슨 수련을 하는 걸까요?

　자신의 주장을 앞세우지 않는 완벽한 떡밥이었다.

　네티즌들은 그 떡밥을 덥석 물었다.

　―사진이 흐려서 잘은 모르겠지만 근처 학교 유도부에서 구보하는 것 같은데요?

―윗분 아무리 봐도 유도복으론 안 보입니다.

―그럼 태권도일까요? 검도거나요.

―태권도 검도가 산악구보를 한다는 소린 못 들어봤네요. 합기도나 주짓수가 더 신빙성이 있어 보여요.

―그런가요? 방금 검색해 봤는데 오대산 근처 마을에 합기도 주짓수 도장은 없는 걸로 나오네요.

―차를 타고 갔을 수도 있겠지요.

대충 한 도장에서 MT를 갔다 가 정설로 인정될 무렵에 한 네티즌이 댓글로 대형떡밥을 던졌다.

그 네티즌의 ID는 도둑만세였다.

―모두 다 오대산이란 단어에 주목을 안 하시네요. 오대산 하면 문수신앙의 본산. 문수신앙하면 문수파 아닌가요?

도둑만세의 글은 잠잠해져 가던 게시판에 핵폭탄을 던진 것과 같은 위력을 보여주었다.

―왜 그 생각을 못했을까요?

―스타퀸 첫 방송에서 분명히 언급했었죠. 마 도사의 스승이 오대산 출신이라구요.

—너무 다섯이란 숫자에 집착했던 모양입니다. 그런데 문수파는 세 명이잖습니까.

—그 말은 다시 말해!

—문하생을 두 명 받아들였단 의미입니다.

—두 명이면 세 명도 받아들일 수 있겠죠?

—빨리 가고 싶습니다. 사진 올리신 분 좌표 좀요.

—제발 좌표 좀 주세요. 좌표 모르시면 대략적인 위치만이라도요.

열화와 같은 성원에도 ID 탱크는 답글을 쓰지 않았다.

그러자 네티즌들은 스스로 좌표를 찾아내기 시작했다.

—구글 어스지도로 찾을 수 있을까요?

—이쪽이 비슷한 것 같은데요. 캡처 올릴게요.

—배경 산의 모양이 다릅니다. 제 생각에는 제 캡처가 더 일치하는 것 같습니다.

—그것도 아닙니다. 사진 속 장소는 논이 없습니다.

—문수파 관계자 분 보시면 이렇게 애타게 찾는 사람이 있다고 꼭 전해주세요.

—무슨 보물찾기 하는 것 같아요.

—보물 맞죠. 현대에 되살아난 고대의 무술. 기와 장풍, 이

정도면 보물 아닐까요?

그리고 모든 논란의 답이 될 마지막 댓글이 올라왔다.
이번 글을 올린 사람은 ID깜찍이힐러였다.

―GPS좌표 N 37. 49' 05.9", E 128. 42' 54.4" 여기 보세
요. 완벽히 똑같아요.
―그렇네요. 같습니다.
―정말 똑같습니다.
―감사합니다. 지금 출발합니다.
―전 사정이 있어 출발 못 하지만 건투를 빕니다. 후기 부
탁해요.
―전 이미 출발했습니다. 가슴이 터질 것 같네요.

PC방에 모여 모니터를 들여다보며 반응을 살피던 ID 탱크
강철중과 ID 도둑만세 크리스티나 ID 깜찍이힐러 희진은 서
로를 보며 성공을 자축하는 미소를 지었다.

송염은 몰려든 문도 지망생들을 등록하고 '수납' 하는 임
무를 총무 조덕구에게 맡겼다.
그것도 감투라고 조덕구는 기쁘게 맡은 바 임무를 수행

했다.

등록 과정은 김이 샐 만큼 간단했다.

먼저 이름과 나이와 주소를 적고 가입비 명목으로 일인당 50만 원을 걷었다.

1차로 모여든 사람이 50명이니 가입비만으로 2,500만 원이 단숨에 들어왔다.

송염은 겉으로 소수정예를 내세우며 나중에 도착한 사람들을 한 달 뒤에 오라는 말고 함께 돌려보냈다.

'소수정예는 무슨 소수정예. 당장은 수용능력 초과야. 하지만 다음 달은 다르지. 부려먹을 선배 50명이 있으니까.'

낼 돈은 가입비뿐만이 아니었다.

한 달에 내야 할 교육비는 원칙적으로 없었지만 식비 명목으로 추가로 40만 원이 들었고 기타 잡비라는 설명할 수 없는 항목이 별도로 10만 원이 더 있었다.

그뿐이 아니었다.

송염이 조덕구를 불러 유난히 강조한 부분이다.

"사람은 누구나 특별대접을 받고 싶어 해. 기부입학 들어봤지?"

"네, 고문님."

"우리도 기부입학 제도를 사용할 거야."

"……"

등록을 마친 50명을 모은 조덕구는 일장연설을 시작했다.

"문도 제군. 반갑다. 나는 문수파의 총사. 조덕구다."

총무가 어느새 총사로 변했다.

그 사실을 알 리 없는 문도들이 소리쳤다.

"총사님 잘 부탁드립니다."

"제군들도 알다시피 우리 문파는 역사는 모든 무술의 시조라 할 만하지만 여러 가지 이유로 이제야 개파를 하게 되었다. 제군들도 보다시피 조사전이라고는 다 쓰러져 가는 폐가한 채이고 수련할 장소도 도구도 부족한 실정이다. 그래서!"

"……"

조덕구에게 시선이 모였다. 문도들은 이미 조덕구의 입에서 어떤 말이 나올지 알고 있는 눈치였다.

"장문인께서는 극구! 극구 반대하셨지만 나 총사 조덕구는 태상장로이신 송염님과 의논 끝에 다음과 같은 결단을 내리게 되었다. 내용은 이렇다."

졸지에 송염은 고문에서 태상장로라는 어마어마한 직책을 가지게 되었다.

어쨌든 송염이 머리를 짜내 만든 결단은 다음과 같았다.

―문수파에는 두 가지 수련법이 있다.

―그 수련법은 속험법(빠르고 위험)과 저안법(느리지만 안

전)이 그것이다.

　—속험법은 직전제자에게만 전수된다. 저안법은 일반 제
자에게 전수된다.

　문도 한 명이 손을 들고 물었다.

　"직전제자가 되는 방법은 무엇입니까?"

　조덕구가 텅 빈 산중턱을 가리키며 대답했다.

　"난 이유를 이미 설명했다."

　"돈이군요."

　문도가 핵심을 질렀다.

　전직 깡패이자 현진 문수파 총사인 조덕구는 뻔뻔하게 대
꾸했다.

　"맞다."

　"액수는 정해졌습니까?"

　"성의다."

　이 세상에서 가장 고약한 단어 두 가지가 대략과 성의다.
두 단어는 양을 측정할 수 없으면서 상대에게 엄청난 부담을
준다.

　등록을 마친 조덕구가 송염을 찾아왔다.

　"태상장로님, 아니, 고문님. 결과를 가져왔습니다."

"총액만 보고해."

"오늘 하루 가입비와 첫달 식대. 잡비 그리고 기부금을 합쳐 모인 돈이……."

송염은 몸을 앞으로 내밀려 귀를 쫑긋거렸다.

당연히 긴장할 수밖에 없었다.

송염은 지금 벤틀리 수리비 1억 원과 아버지가 들고 튄 9,000만 원의 절반인 4,500만 원을 빚진 채무자다.

꿀꺽.

긴장이 목넘김으로 나타났다.

조덕구는 그 점을 놓치지 않았다.

"침을 넘기시는 군요."

"인간의 본능이다."

"이해합니다."

"액수나 말해라."

"네, 총액은 정확히 1억 100만 원입니다. 열두 명이 평균 500에 가까운 기부금을 낸 덕이 컸습니다."

송염은 자신도 모르게 소리쳤다.

"유레카!"

"네? 뭐라고 하셨습니까."

"아니다. 나가 봐라. 오늘 중으로 은행에 입금하는 것 잊지 말아라."

조덕구가 인사를 하고 나가자 송염은 마동식을 불렀다.

"왜 불렀냐?"

"조덕구, 은행 가는데 좀 따라가 줘라."

"그렇게까지 할 필요 있을까? 이젠 우리 사람이다. 내가 보증한다."

"난 우리 아버지도 믿었다 배신당했다. 돈에는 장사 없다."

"너 좀 변한 것 같다."

"개처럼 벌어서 정승처럼 쓸란다. 그리고 너도 빚쟁이 신세 돼 봐라."

"하긴. 알았다."

마동식이 나가자 송염은 이번에는 김민호를 불렀다.

어제 송염은 김민호에게 한 장소에 대한 이야기를 들었다.

그 장소가 송염의 관심을 끌었다.

Chapter 30
동굴

김민호는 타고난 무골이었다. 그는 단 일주일 만에 마동식의 가르침을 이해했고 마동식이 떠나자 혼자 수련에 들어갔다.

　"수련 장소는 조용할수록 좋아."

　오대산의 인적이 없는 계곡들을 샅샅이 뒤지다시피 해서 김민호는 적합한 장소를 발견했다.

　그 장소는 반쯤 수직 암반을 덮고 있던 토사가 작년 장마로 무너져 내려 토사가 감추고 있던 동굴이 아주 살짝 모습을 드러내고 있었다.

설명을 들은 송염은 김민호에게 물었다.

"동굴 안에서 본 것을 설명해 봐라."

"사실 저도 운 좋게 찾았습니다. 토사가 무너져 내려 틈을 들어낸 입구도 수풀로 덮여 있었기 때문입니다. 어쨌든 동굴 안에는……."

다음 날 송염은 수련을 하기 위해 홀로 산에 올랐다.

사실 현 상태에서 송염이 산속 그것도 동굴에서 수련할 필요는 없었다.

송염의 직업(?)인 버프 수련법은 장소를 가리지 않기 때문이다.

'하지만 강해지고 싶어. 그리고 이유는 모르지만 단서가 이 오대산에 있어.'

김민호의 설명은 믿기 어려운 뜻밖의 상황을 묘사하고 있었다.

'내가 꿈속에서 본 장면이 왜 그곳에…….'

송염은 김민호의 자세한 설명을 들었음에도 하루를 꼬박 투자해서 겨우겨우 동굴을 찾아냈다.

동굴은 그만큼 은밀한 장소에 숨어 있었다.

'토사가 무너져 내리지 않았다면 앞으로도 수천 년은 더

숨어 있었겠지.'

송염은 준비한 랜턴을 들고 동굴 안으로 들어갔다.

깊이가 20미터 정도 되는 동굴은 들어갈수록 공간이 넓어지는 구조로 되어 있었고 막다른 곳의 넓이는 학교 교실 정도였다.

"……."

송염이 가장 먼저 찾은 동굴의 특이한 점은 중앙에 놓여 있는 위가 평평한 원형 반석이었다.

반석은 사람의 손이 닿은 흔적이 역력해서 주위에 희미하게나마 연꽃 문양을 찾을 수 있었다.

'내가 찾는 건 이게 아냐.'

송염이 찾고 있는 그것은 벽에 있었다.

"…말도 안 돼."

벽에는 일종의 벽화가 그려져 있었다.

벽화는 일종의 이야기를 담고 있는 것처럼 보였다.

"푸른 숲, 맑은 강. 순록처럼 보이는 네발짐승의 무리. 사냥하는 원시인. 하늘에 떠 있는 빛에게 절을 하는 원시인. 환호하며 춤추는 원시인. 폭발하는 화산. 화산 위에 나타난 빛. 애원하는 원시인. 그리고 고리."

송염은 자신도 모르게 무릎을 꿇었다.

이럴 순 없었다.

벽화 속에는 송염이 팔찌의 힘을 얻었던 바로 그날, 꿈에서 보았던 장면이 고스란히 나열되어 있었던 것이다.

『버퍼』3권에 계속…

생존록

홍준성 퓨전 판타지 소설

FUSION FANTASTIC STORY

대한민국 평범한 청년 정우성.
어느날 합숙을 가러 집을 나섰는데,

휘이이잉-

"이, 이게 무슨……?"

눈앞에 펼쳐진 설원.
설원을 지나니 이번엔 밀림이?

보랏빛 행성이 하늘에 떠 있고 나무가 살아 움직인다.

"살아남아 반드시 지구로 돌아가리라!"

베인의 이계 생존록.
살아남기 위한 그의 처절한 노력이 시작된다.

Book Publishing CHUNGEORAM

유행이 아닌 자유추구 -
WWW.chungeoram.com

이문혁 장편 소설

FUSION FANTASTIC STORY

- BONG CENTER -

PURSUER
퍼슈어

「난전무림기사」, 「마협 소운강」의 작가 이문혁
그가 그려내는 현대물의 신기원!

서울 서초구 고층 빌딩 사이에 존재하는
아는 사람만 아는 미지의 건물 봉 센터.
베일에 쌓인 그곳에 오늘도
정보에 목마른 자들이 왕래한다.

정계의 비밀부터 국가 기밀까지,
혹은 사회를 떠들썩하게 만든 사건의 정보까지!
원하는 모든 것을 찾아주나,
아무나 그곳을 찾을 수는 없다!

그대여, 이런 현대물을 본 적이 있는가!
이 세상의 어둠 속에서 숨 쉬는
또 다른 세상의 이면을 즐겨라!

김중완 장편 소설

서린의 검

Seorin's Sword

FUSION FANTASTIC STORY

**2013년 봄과 함께 찾아온 청어람 추천작!
『로드 오브 마스터』, 『신검신화전』의 김중완.
그가 돌아왔다!**

번개와 함께 찾아온 검.
그 검과 찾아든 기연은 운명을 개척한다!

그 어떤 누구도 그가 가는 길을 막을 수 없다!
절대 강자 서린의 호쾌한 독보를 기대하라!

"내 앞을 막지 마라! 이것이 나의 검이다!"

우리는 그를 가리켜 검의 주인, 마스터라 부른다!

『서린의 검』

Book Publishing CHUNGEORAM

www.chungeoram.com